CAUSERIES POUR LA JEUNESSE

8e SÉRIE IN-12,

CAUSERIES

POUR

LA JEUNESSE

PAR

J. N. BOUILLY.

LIMOGES

EUGÈNE ARDANT ET Cie, ÉDITEURS.

CAUSERIES
POUR LA JEUNESSE

L'HOSPITALITÉ

Parmi les devoirs que nous imposent Dieu et les hommes, l'hospitalité fut dans tous les temps et chez toutes les nations celui qu'on remplit avec le plus d'empressement et de fidélité. « Fais pour les autres ce que tu voudrais qu'il te fût fait ! » nous dit un des plus beaux dogmes de la morale. « Aide-moi ! je t'aiderai quelque jour, » semble nous dire la personne que nous recueillons sous notre toit, que nous admettons à notre table, à notre foyer.

Ces vérités, qu'on ne saurait graver de trop bonne heure dans la mémoire des enfants, seront prouvées par le récit que je vais faire à mes jeunes lecteurs d'une anecdote que j'ai recueillie dans un village des environs de Paris.

Le château de R*** venait d'être vendu par un banquier très-renommé, que des spéculations de Bourse avaient ruiné de fond en comble. On ne voit que trop souvent, hélas! de ces victimes d'une insatiable ambition. L'acquéreur de cette belle terre était un ancien manufacturier retiré du commerce, septuagénaire, veuf et sans enfants. Habitué toute sa vie à faire du bien, il projetait d'en répandre de nouveau; mais, voulant s'assurer qu'il placerait utilement ses bienfaits, il résolut de mettre à l'épreuve les divers habitants du village où l'on ne connaissait ni ses traits ni sa personne. Il arriva donc le soir dans sa nouvelle propriété; et dès le lendemain matin, sous les habits d'un honnête indigent, accompagné d'un gros chien de ferme, son gardien fidèle, un bâton noueux à la main et sa belle tête chauve couverte d'une vieille casquette, il parcourt plusieurs habitations, où il se présente comme un ancien ouvrier de manufacture, sans parents, hors d'état de travailler, et n'ayant plus pour ressource que l'attachement de son chien et la commisération des personnes charitables qui daigneraient l'assister.

On se doute aisément qu'il fut plus ou moins bien accueilli de ceux qu'il éprouva. Rudoyé par les uns, humilié par les autres, quelquefois

même soupçonné d'être un malfaiteur, quoique
sa figure vénérable dût écarter un pareil soupçon, il fit la cruelle expérience que ce ne sont
pas toujours les heureux du siècle qui savent
le mieux compatir au malheur. Aussi, lorsqu'il
rentrait au château, vers dix heures, il inscri-
vait sur un registre les noms de tous ceux qu'il
avait visités, et prenait une note exacte des
diversesréceptions qu'on lui avait faites.

Un jour qu'il achevait sa ronde d'indigent,
selon son usage, il aperçoit à la grille d'une
belle habitation deux jeunes personnes escortées
d'une vieille gouvernante : elles étaient parfaitement vêtues, âgées de douze à treize ans ;
elles marchandaient d'élégantes ombrelles que
leur présentait un colporteur, et qu'elles payè-
rent chacune vingt francs renfermés dans une
riche bourse contenant leurs économies. Le
soi-disant pauvre vieillard les aborde avec confiance, espérant obtenir quelques secours de
ces belles opulentes. Quelle est sa surprise d'entendre l'aînée des deux sœurs lui dire avec un
regard de mépris et une insultante dureté :
« Est-ce qu'on demande ainsi, sans être connu ?
Passez, passez votre chemin ! — On n'en finirait pas, ajouta la cadette, s'il fallait donner à
tous ces gens-là. » Le faux indigent se retira
sans rien répondre ; et, s'informant dans le voisinage du nom des deux impitoyables, il apprit

qu'elles étaient les seules enfants d'un grand spéculateur de terrains, nommé Chardel, élevées par une mère éblouie de son opulence, et dont l'égoïsme ne pouvait être comparé qu'à sa vanité.

Quelque temps après, c'était la matinée d'une belle journée du mois de juin ; le malin vieillard, parcourant les environs du village, aperçoit une humble habitation, espèce de chaumière isolée dont la porte était fermée. Sept heures venaient de sonner au clocher de la paroisse ; il ne pouvait concevoir comment cette demeure n'était pas ouverte ; et sa première pensée fut qu'elle était inhabitée. Il s'assied donc sur un bloc de pierre placé tout près de l'entrée, pose auprès de lui son gros bâton, caresse d'une main son chien fidèle ; de l'autre il ôte sa vieille casquette, découvre son front septuagénaire ; et, cédant à cette douce fraîcheur du matin qui jette dans tous les sens un baume délectable, il s'endort profondément.

Il reposait depuis quelques instants, lorsque tout-à-c. s'ouvre la porte de l'habitation, d'où sortent deux petites villageoises de neuf à dix ans, qui, voyant le vieillard endormi, craignent de troubler son sommeil, et tiennent à voix basse la conversation suivante : « Dis donc, Georgette, as-tu peur ? — Du tout, ma sœur : il a une si bonne figure ! — Et c' gros chien qui fait le guet auprès d' lui? — I' garde son maître; c'est tout simple. — S'il allait sauter sur nous? — Oh! qu' non : ces bons animaux-là, Lise, aiment trop l'z enfants, pour leur faire aucun mal. — Et si l' vieillard se réveille, qu' ferons-nous? — Nous l' ferons entrer dans not' demeure. — Et si c'était un malfaiteur? — Pas possible : il a l' sommeil trop doux. — Maman nous grondera; ça c'est sûr. —Eh non; elle nous recommande si souvent d'être bonnes pour les pauvres gens! — Il est vrai : quoique ça je n' suis pas trop rassurée. — Et moi, j' gagerais que c'est un brave homme... i' s' réveille : nous allons bien voir. »

Le veillard en effet ouvre les yeux; et soudain apercevant les deux sœurs dont les regards sont attachés sur lui, il leur dit : « C'est vous, je le vois, qui habitez cette demeure? — Nous-mêmes, mon bon monsieur, lui répond Georgette : qu'y a-t-il pour vot' service? — Hélas! mes bonnes petites, je ne suis pas un monsieur, mais un pauvre vieil indigent réduit à réclamer l'assistance des âmes charitables. — Dame! nous n'avons point d'argent à vous donner, reprend la jeune fille. Not' mère, qu'est sage-femme, a passé toute la nuit hors de la maison; elle a la clef du coffre. Mais ça ne nous empêche pas d' vous offrir d' quoi vous donner quéqu'-forces, ajouta Lise, enhardie par le son de voix si touchant de l'inconnu. — Ce n'est pas de refus, mes petits anges ; car je sens déjà que la faim me tourmente. — J' vous offrirais bien l' bras, continue Lise ; mais j'ai trop grand' peur que vot' gros chien n' me morde : i' n' f'rait d' moi qu'une bouchée. — Lui ! c'est le plus excellent animal !... regardez ! il comprend déjà que vous daignez m'accorder l'hospitalité, et le voilà qui vous caresse. » Le chien, en effet, léchait la main de Georgette, qui avait osé la lui poser sur la tête, et venait se frotter contre Lise avec toute l'expression de la reconnaissance.

L'inconnu, à peine introduit dans la chaumière, est placé par les jeunes filles dans un grand fauteuil de bois. « C'était celui d' not' grand-père, dit Georgette ; et vrai, j' croyons le r'voir en vous. — I' m'a souvent prise là, dans ses bras, dit Lise, et fait de bien douces caresses. — Eh bien ! venez dans les miens ! répond le vieillard, et je tâcherai que l'illusion soit complète. — Je n' demand'rais pas mieux, mon brave homme ; mais j' crains toujours qu' vot' gros chien n' me morde. » En ce moment même la pauvre bête vint lui lécher les mains, et la jeune fille, enhardie par cet admirable instinct de l'animal, lui rend caresse pour caresse. « Tenez, bon homme, reprend Georgette, avalez-moi c' verre de vin ; c'est du pays ; i' gratte un peu l' gosier, mais ça rafraîchit. — A mon tour, ajoute

Lise, j' vous offre un reste de gâteau d' froment qu' ma mère m'a donné hier au soir pour mon déjeuner de c' matin, avec un morceau d' fromage salé; c' qui vous excite l'appétit, dame, faut voir! — Et vous, chère enfant, avec quoi déjeunerez-vous? — Est-ce qu'il n'y a pas du pain dans la huche, donc? un peu sec, mais c'est égal. — V'là encore, reprend Georgette, deux grosses pommes d' l'année dernière, que j' conservais précieusement : je n' saurais en faire un meilleur usage. — J' voudrions, reprend Lise aussitôt avoir d'aut' bonnes choses à vous offrir; mais c'est tout c' que nous avons. » Et là-dessus les deux sœurs prennent chacune une main du vieillard, qu'elles pressent sur leur cœur avec une expression ravissante. Enfin, tout ce qui peut donner une juste idée de la plus généreuse hospitalité fut employé par Lise et Georgette pour convaincre l'inconnu de tout le bonheur qu'elles éprouvaient à le recevoir; et son chien ne fut pas moins festoyé... Mais déjà le soleil étant au tiers de sa course, le vieillard annonça qu'il allait continuer sa route. « Nulle part, leur dit-il, je ne serai accueilli mieux que chez vous... et je vous promets d'en conserver longtemps le souvenir... Comment se nomme votre mère? — Madame Chopin, veuve depuis cinq ans. — Ne m'avez-vous pas dit qu'elle était sage-femme? — Sans doute, et bien connue

dans l' canton. — Adieu, mes bonnes petites...
mes anges tutélaires! nous nous reverrons...
j'ose l'espérer. En attendant, soyez toujours
bonnes, hospitalières, et le ciel vous en récom-
pensera. — Vous nous promettez, dit Georgette, de r'venir nous voir, vous asseoir dans le
fauteuil de not' grand-père? — Et de nous ram'-
ner vot' bon chien, dont je n'ai plus peur? ajoute
Lise en le caressant de nouveau; comment l'ap-
pelez-vous? — Fidèle : n'est-ce pas qu'il est bien
nommé?... Au revoir donc, mes jeunes amies!
ce sera plutôt peut-être que vous ne pensez. »
A ces mots, il s'éloigne en retournant de temps
en temps la tête du côté des deux sœurs, et leur
exprimant du geste les vœux qu'il faisait pour
leur bonheur.

Quelque temps après eut lieu la fête patronale
au village. On annonça que monsieur Germont,
nouveau propriétaire du château, voulant payer
sa bienvenue dans le pays, donnait dans son
parc un bal à tous les habitants du canton; et
qu'au grand banquet servi dans l'orangerie,
il serait fait un présent à toutes les jeunes
filles, sans distinction. Ces bruits, accrédités
par les gens du château, qui parlaient sans
cesse de l'opulence et des traits de générosité de
leur maître, excitèrent l'intérêt et la curiosité
de toutes les classes des habitants; il n'y eut
pas une seule famille qui ne s'empressât de se

rendre à un semblable appel. La soirée était ravissante, et des groupes nombreux entouraient, en dansant, un orchestre bien composé et placé au centre d'une brillante illumination. Monsieur Germont, parfaitement vêtu, sa tête chauve couverte d'une titus ondoyante, n'offrait pas la moindre ressemblance avec le vieil indigent qu'on rencontrait souvent le matin, parcourant le village et ses environs. Mêlé dans les groupes, il examinait à son aise les divers personnages inscrits sur son registre, avec les notes fidèles des diverses réceptions qu'il avait eues. Il remarqua la famille Chardel, dont les deux demoiselles, étalant, à l'instar de leur mère, une toilette très-recherchée, dédaignaient de se mêler à la danse avec les jeunes villageoises qui en faisaient le charme et l'ornement. Il aperçut aussi, dans un petit coin sombre, la modeste madame Chopin, assise, avec ses deux filles, sur un tertre de gazon, et n'osant pas leur permettre de se livrer à la danse. Georgette et Lise étaient simplement vêtues, mais avec une extrême propreté ; et sous leur bonnet rond on remarquait les figures les plus expressives. Le maître du château feignit de ne pas les connaître ; mais, les recommandant particulièrement à plusieurs jeunes gens de sa société, il eut la jouissance de les voir participer aux plaisirs de la fête, ce qui causait à leur mère une joie inexprimable, et surtout une surprise étrange de ce que plusieurs messieurs daignaient être les cavaliers de ses filles, dont l'âge, la mise et la condition ne pouvaient attirer sur elles un regard favorable.

Enfin, le banquet est annoncé dans l'orangerie, où une table en fer à cheval contenait environ deux cents couverts. Chacun s'empresse d'aller y prendre place; mais la timide madame Chopin n'osait pas s'y présenter avec ses enfants, lorsque les mêmes cavaliers qui les avaient fait danser viennent leur donner la main, ainsi qu'à leur mère, et les conduisent toutes les trois au haut de la table, auprès de monsieur Germont. Elles en rougissaient de confusion, et ne pouvaient concevoir ce qui leur attirait un pareil honneur. A la droite du vénérable Germont s'était placée la brillante madame Chardel, escortée de ses deux demoiselles, étalant la plus riche parure, et se gourmant comme la reine de la fête. Jamais banquet ne fut plus joyeux et mieux ordonné. Le plaisir, causé par ce mélange de tous les rangs, brillait sur la figure de chaque convive. Un toast général fut porté au maître du château; il y répondit avec cette vive émotion de l'homme de bien, et en même temps avec cette modestie d'un sage que n'éblouit point l'éclat de la fortune. « A vous, excellente femme! dit-il à la timide madame

Chopin, et à vos deux charmantes filles! »
Elles se regardent toutes les trois, et ne savent
ce qui peut leur attirer une distinction aussi
flatteuse, lorsque le gros chien, qu'on avait
laissé sortir de sa niche, rôdant autour des nombreux convives, et flairant chacun d'eux, vint
caresser Georgette, qui le reconnaît et dit à
Lise : « C'est Fidèle! c'est l' chien du pauvre
vieillard. — Faut croire, lui répond sa sœur,
que l' cher homme est r'venu, comme i' nous
l'avait promis, et qu'il s'est mêlé dans la foule.
— Oh! qu' j'aurais d' plaisir à le r'voir! reprend
Georgette. — Et moi, donc! ajoute Lise. — Je
ne suis pas moins empréssée que vous, mes enfants, dit madame Chopin, de l' connaître et d'
lui donner l'hospitalité. Sitôt qu'on se lèv'ra de
table, nous l' chercherons dans l' parc, et l'em-
mènerons coucher chez nous. » Monsieur Germont entendait cet entretien, et jouissait en
secret de leur méprise. Le festin terminé, on
passe dans les salons où se trouvaient étalées
les diverses offrandes annoncées pour les jeunes
filles. Chacune d'elles les convoitait des yeux;
et mesdemoiselles Chardel avaient déjà remarqué
un coffret de satin rose, orné de fleurs admira-
blement brodées, et qui leur paraissait contenir
le cadeau qu'on leur destinait. Enfin, la distribution va commencer : monsieur Germont reparaît. Mais ce n'est plus l'opulent propriétaire du

château; c'est le vieil indigent dont il a repris l'humble costume, et sa tête chauve est dans toute sa nudité. Chaque habitant du village le reconnaît; Georgette et Lise poussent un cri de joie en s'écriant : « C'est lui! » Les brillantes demoiselles Chardel baissent les yeux, en répétant avec confusion : « Oui, c'est bien lui. »

Le pauvre vieillard annonce alors que monsieur Germont l'a chargé de faire aux jeunes filles du village une offrande qui donnât à chacune d'elles la récompense des secours qu'il en avait reçus. Celle-ci, qui lui avait donné quelques pièces de monnaie, les retrouve dans une bourse de soie, avec une longue chaîne de cou et des boucles d'oreilles en or. Celle-là, qui s'était privée d'excellents fruits pour les lui offrir, et dont les fiançailles allaient avoir lieu, reçoit en échange un riche habillement de mariée. Cette autre, qui l'avait recueilli par un violent orage, et s'était fait un devoir de sécher elle-même ses habits à son modeste foyer, trouvait un juste de soie bleue, avec la jupe et un tablier de mousseline brodée, enveloppés dans la souquenille que portait ce jour-là le pauvre vieillard. En un mot, le moindre service fut généreusement acquitté, surtout envers ceux qui n'avaient pu donner que sur leur nécessaire. Arrive le tour de mesdemoiselles Chardel, qui lorgnaient toujours avec avidité le beau coffret de satin rose; mais elles ne reçoivent qu'une feuille de papier, roulée sous un ruban noir : la curiosité les excite à l'ouvrir; et leur confusion est extrême, lorsqu'elles lisent les mêmes mots qu'elles avaient adressés au pauvre septuagénaire : « *Passez, passez votre chemin! On n'en finirait pas, s'il fallait donner à tous ces gens-là.* » Les deux sœurs pâlissent de dépit et de honte : leur mère prend l'écrit qu'elle lit à son tour, et se retire avec ses filles, qui, sans doute, profitèrent de la leçon.

« A vous! dit alors le faux indigent aux deux sœurs Chopin. A vous, qui m'avez comblé de tout ce que l'hospitalité peut inspirer de plus touchant! Ce ne furent ni l'éducation, ni l'usage du monde, excellentes créatures, qui vous portèrent à m'accueillir avec tant de gentillesse et de bonté : c'était ce noble élan des cœurs compatissants... recevez-en donc le juste salaire. » Il leur remet, à ces mots, le brillant coffret de satin rose contenant des parures analogues à leur condition, et pour chacune d'elles un rouleau de pièces d'or, puis il ajoute : « Vous trouviez que je ressemblais à votre grand-père, lorsque j'étais assis entre vous deux, dans son fauteuil; eh bien! c'était Dieu qui vous inspirait; car, dès ce moment, je vous regarde comme mes enfants. Vous habiterez au château, ainsi que votre digne mère, qui exercera gratis, dans le village, son utile profession. Vous serez élevées sous mes yeux; et, après moi, vous jouirez d'une portion de ma fortune. Viens, ma Georgette! viens, ma Lise!... Je veux que tous les matins vous veniez à moi dans le grand fauteuil de bois qui sera placé dans ma chambre; et je vous devrai, bonnes petites, la consolation des infirmités de ma vieillesse, et le bonheur du reste de ma vie. »

Il serait difficile de peindre l'étonnement et l'ivresse des deux sœurs et de leur mère : prosternées toutes les trois aux pieds de l'honorable vieillard, elles le couvraient de larmes de joie. Tous les assistants, partageant leur bonheur, invoquaient le ciel pour la conservation des jours du maître du château; et l'on vit, dans ce moment, le chien Fidèle s'approcher de Lise et de Georgette, et se coucher à leurs pieds avec un doux regard qui semblait leur dire que, lui aussi, il voulait les récompenser d'avoir si bien rempli les devoirs de l'hospitalité.

LES JEUNES PENSIONNAIRES.

S'il est un lien social tout à la fois légitime et durable, c'est celui qui unit entre elles les élèves d'une même institution. Cette mise en commun des premiers mouvements de l'âme, cette émulation mutuellement excitée, ces secours de tous les instants prodigués et rendus, cet irrésistible attrait d'un premier attachement, en un mot, cette aurore de l'existence qui influe si puissamment sur le reste de la vie... tout ne se réunit-il pas pour attacher entre elles de jeunes amies de pension, pour les enlacer comme le sont les rameaux de plusieurs rosiers élevés les uns près des autres et cultivés dans la même pépinière?

Clorinde de Mirecourt, fille unique d'un homme de qualité, jouissant d'une grande fortune, avait été confiée à l'âge de dix ans aux soins de madame de Courville, veuve d'un officier mort au champ d'honneur, et qui dirigeait avec autant de mérite que de désintéressement une des maisons d'institution les plus renommées de la capitale. Le père de Clorinde, homme d'esprit et de bien, avait remarqué dans sa fille une fierté souvent portée jusqu'à l'égoïsme, et qu'il avait inutilement essayé de dompter. La jeune personne, élevée dans le sein de l'opulence, entourée de nombreux serviteurs à ses ordres, et malheureusement privée de sa mère, la plus parfaite des femmes, communiquant sans cesse avec des gens titrés, opulents, avait pris un ton et des habitudes qui chaque jour alarmaient son père. Il crut donc ne pouvoir mieux les rompre qu'en plaçant Clorinde dans la maison de madame de Courville, où l'égalité des droits, la confusion des rangs, et ce titre d'élève qui commande obéissance et subordination, dompteraient par degrés la jeune orgueilleuse.

Tout, en effet, répondit aux vœux de cet excellent père, et surtout au sacrifice qu'il avait fait en se séparant de sa fille, son unique consolation, son espoir le plus cher. Clorinde, si vaine et si despote dans la maison paternelle, où elle désire rentrer promptement, fut d'une admirable soumission envers sa digne institutrice, et d'une affabilité ravissante avec toutes ses compagnes. Il semblait même qu'elle préférât celles qui se trouvaient le moins favorisées de la fortune.

Parmi celles-ci se faisait remarquer Apollina Floquet, fille d'un professeur d'humanités au lycée Charlemagne. Veuf et sexagénaire, il avait fait de même les plus grands sacrifices

pour perfectionner sa chère Apollina dans une
éducation qui devait être son unique richesse.
Il voyait de jour en jour ses veux s'accomplir. Cette charmante élève, à peine âgée
de douze ans, réunissait à une instruction
solide plusieurs talents d'agrément. Elle faisait
surtout des progrès étonnants en musique, et
déchiffrait à la première vue les partitions des
plus grands maîtres. Chaque année, au concours général de l'institution, elle remportait le
prix de piano ainsi que celui de langue française. Les leçons particulières que lui donnait
son excellent père avaient développé ses dispositions naturelles ; et c'était principalement dans
ses narrations qu'Apollina réunissait tous les
suffrages. On y remarquait des idées neuves,
des expressions choisies et un fonds de gaieté
inépuisable. « *Le style, c'est le caractère,* » a dit
un écrivain célèbre. Aussi, de toutes les élèves
de la pension de Courville, il n'en était aucune
qui pût rivaliser avec Apollina en heureuses
saillies, en récits amusants ou gracieuses
folies.

Elle joignait à tous ces avantages des manières
pleines de grâce. En un mot, on ne pouvait la
voir sans la remarquer, l'entendre sans rire, et
la connaître sans l'aimer.

Clorinde, comme on le présume aisément, se
prit pour elle d'un vif attachement, qui d'abord

flatta sa vanité, mais qui bientôt s'affaiblit par
l'humiliation de se voir éclipsée à chaque
instant, de recevoir sans cesse d'elle des leçons
d'égalité et de camaraderie, que l'orgueilleuse
hypocrite feignait de recevoir avec plaisir,
mais dont son incurable fierté souffrait en
silence. Il est de ces funestes défauts qui s'enra-
cinent dans une âme neuve encore, et dont on
ne peut les extirper que par de fortes secousses
et des leçons réitérées. C'était ce que la justice
divine préparait à la superbe Clorinde, et ce que
je me fais un devoir de raconter à celles de mes
jeunes lectrices que pourraient aveugler les
vaines prérogatives de l'opulence.

L'époque des vacances arriva; Clorinde,
toute fière d'avoir remporté dans le concours un
second prix de broderie, et un accessit de chant,
accompagna son père dans une très-belle habitation qu'il venait d'acheter à Saint-Gratien, vis-
à vis de Montmorency. Apollina, couverte de
couronnes, parmi lesquelles était le prix d'honneur de narration française, suivit modestement
son père dans l'humble appartement qu'il occupait rue du Foin-Saint-Jacques. Mais cette
résidence manquait d'air et de soleil; elle eût
fini par altérer la santé de la jeune fille, habituée
au grand jour et au feuillage frais des jardins
de sa pension. Elle proposa donc à son père de
louer un petit pied-à-terre dans un village aux

environs de Paris, où lui-même il pourrait respirer l'air des champs, dont il avait grand
besoin. Le hasard les conduisit à Montmorency, qu'on leur avait indiqué comme offrant
aux habitants de Paris des logements à tout
prix. Le vénérable monsieur Floquet et sa fille
y louèrent en effet, dans un petit chalet solitaire, conduisant à la forêt, deux chambres fort
proprement meublées, plus une troisième en
mansarde, pour leur vieille et fidèle gouvernante
qui avait élevé Apollina, et pour laquelle ses
soins égalaient sa tendresse.

Voilà donc l'humble petit ménage parfaitement établi dans sa jolie solitude, où le père et
la fille savouraient à longs traits le bonheur de
se retrouver ensemble. Apollina se fortifiait
chaque jour dans son instruction, sous les
auspices de l'auteur de ses jours ; et, sur un
très-bon piano que lui avait prêté madame de
Courville, qui la chérissait comme son enfant,
elle exerçait son talent déjà très-remarquable,
et parvenait à déchiffrer, à la première vue, la
musique la plus savante.

Un soir qu'elle exécutait un admirable morceau, passe sous sa croisée, ouverte en ce
moment, une brillante cavalcade composée de
monsieur de Mirecourt, de Clorinde, en élégante
amazone, et de plusieurs dames et cavaliers de
leur société. Le talent remarquable de l'incon-

nue les arrête; ils prêtent tous une oreille
attentive à l'exécutante, qui, s'entendant
applaudir dans le chemin, regarde à la fenêtre,
aperçoit Clorinde, et s'écrie avec cette joyeuse
familiarité de jeunes pensionnaires qui se re-
trouvent : « Comment, c'est toi?..... Oh! que je
suis aise de te revoir! » Elle descend aussitôt
avec la rapidité de l'éclair, et se dispose, dans
sa joie, à embrasser sa jeune camarade... Mais
celle-ci, à l'aspect de cette jeune fille médio-
crement vêtue, les cheveux relevés avec un
peigne de corne, rougit, se gourme, et ne
répond à cet élan de l'amitié que par ces mots à
peine articulés : « Enchantée, ma chère...
d'avoir le plaisir de vous rencontrer. — Vous!
réplique aussitôt Apollina, avec le plus malin
sourire... Mille pardons! ma belle demoiselle!...
Je vous prenais pour une de mes amies de
pension; mais je m'aperçois que je me suis
trompée. » Elle salue à ces mots toute la cavalcade avec la plus gracieuse aisance, et rentre
chez elle en fermant la porte au nez de l'insolente qui venait de profaner à ce point le lien le
plus honorable.

« Quelle est donc cette jeune personne? demanda à sa fille monsieur de Mirecourt. —
C'est une des élèves de madame de Courville,
reprend Clorinde avec le plus grand trouble...
mais je la connais à peine... Nous n'étions pas

dans la même classe. — Elle n'en est pas moins
ta camarade, reprend sévèrement monsieur de
Mirecourt, et méritait un autre accueil. —
C'est une fort belle personne, dit une dame de
la cavalcade. — Elle paraît avoir de l'esprit,
ajoute une autre. — Elle-même, reprend alors
Clorinde avec adresse, ne me croyait si bien
escortée ; aussi s'est-elle empressée de rentrer
chez elle, pour cacher le désordre de · sa toilette. » Ce motif parut vraisemblable à tout le
monde, excepté à monsieur de Mirecourt : il
reconnut avec peine que sa fille n'était pas
encore guérie de cette vanité qui, tôt ou tard,
nuirait à son bonheur.

Mais le hasard ménageait à l'orgueilleuse
une leçon beaucoup plus forte, et qui devait lui
porter un coup terrible ; car plus la vanité
croit s'élever en se livrant à sa chimère, plus
elle éprouve d'humiliations et s'abaisse quand
elle est démasquée. Tantôt haut, tantôt bas :
telle est la position que prennent dans le monde
les insensés qu'aveugle un ridicule amour-propre.
Heureux ceux qui suivent la ligne que leur
trace la Providence, la parcourent tout franche-
ment, et par cela même ne s'abaissent jamais !

Arriva la fête de Montmorency qui, ordinairement, attire un grand concours de monde.
Monsieur de Mirecourt, voulant donner à sa
fille une leçon qu'il méditait depuis quelque

temps, lui demanda quelles étaient celles de ses camarades de pension, restées chez madame de Courville, qu'elle désirait inviter avec elle à venir passer une journée à Saint-Gratien. Clorinde, ne soupçonnant pas l'intention de son père, lui désigna les jeunes pensionnaires dont le rang et la fortune pouvaient rivaliser avec elle; et cette invitation fut faite ainsi qu'il avait été convenu. « Est-ce que tu n'inviteras pas aussi ta jeune camarade que nous rencontrâmes l'autre jour? lui dit son père en l'observant bien. — Qui? la petite Floquet!... Elle n'aime pas le grand monde. — Elle réunit cependant tout ce qu'il faut pour y paraître avec avantage... Il faut absolument que tu l'invites... Je me charge d'en faire autant à son père... Tu ajouteras à ton invitation l'annonce qu'à l'heure qui leur conviendra, tu leur enverras la calèche. — Oh! je vous assure, papa, qu'elle va très-bien à pied. — Mais son père est sexagénaire, m'as-tu dit; et d'ailleurs la chaleur est trop forte... Allons, fais ce que je te dis. »

Clorinde fut forcée d'obéir à son père; mais son invitation portait toujours ce *vous* dont Apollina s'était trouvée blessée; aussi, le domestique, porteur des deux lettres, revint-il une heure après avec les réponses de monsieur Floquet et de sa fille. Celle du père à monsieur de Mirecourt exprimait les regrets qu'il éprou-

vait de ne pouvoir répondre à son honorable
invitation; quant à celle d'Apollina, elle était
conçue en ces termes :

« Comment avez-vous pu, superbe Clorinde,
abaisser vos regards jusqu'à moi? Vous habitez
un vaste château; moi l'humble portion d'une
chaumière... Chaque soir, en brillante amazone,
vous parcourez, sur un superbe coursier, la
belle vallée de Montmorency; moi, je n'y
parais qu'une seule fois par semaine, et mon
palefroi n'est qu'un petit âne... Croyez-moi,
restons chacune où le destin nous a placées...
Je ne vais point chez les *vous :* je ne fréquente
que les *toi*... Je n'en suis pas moins, belle Clorinde, avec tout le respect et toute la soumission
d'une vassale à sa noble châtelaine,

        » Votre dévouée

                    »APOLLINA. »

La lecture de ce billet fit rougir Clorinde de
dépit et de confusion. Elle y vit clairement
qu'on s'amusait à ses dépens; et son père, lui
prenant l'écrit des mains et le parcourant avec
intérêt, lui dit : « Tu n'en as bien que ce que tu
mérites... Cette jeune personne a tout-à-fait
raison de dire qu'il est entre vous deux une
grande distance. » Il s'éloigne à ces mots, en
jetant un regard de pitié sur Clorinde, qu'il laisse
confuse, humiliée et livrée à ses réflexions.

Arrive enfin le jour où madame de Courville se rend au château de monsieur de Mirecourt, avec plusieurs de ses pensionnaires restées auprès d'elle pendant les vacances, et que cette aimable institutrice cherchait à distraire, par mille plaisirs, de l'éloignement de leur famille. Parmi ces personnes se trouvaient des filles d'ambassadeurs, de lieutenant généraux et de seigneurs étrangers. Clorinde, comme on le présume, avait eu soin de désigner les jeunes demoiselles qui pouvaient le plus flatter sa vanité ; aussi leur fit-elle un accueil aussi gracieux qu'empressé. Le *vous* dont on avait humilié la pauvre Apollina n'était plus employé ; mais ce *toi* si doux à prononcer, ce *toi* qui prouve cette égalité d'usage entre pensionnaires, était répété avec ivresse. On était fière de tutoyer, devant plusieurs personnes qu'avait réunies chez lui monsieur de Mirecourt, de jeunes demoiselles appartenant aux plus nobles familles.

Après un dîner somptueux, dont Clorinde fit les honneurs avec un empressement et une aisance qui annonçaient tout le plaisir qu'elle éprouvait, monsieur de Mirecourt proposa d'aller voir le bal de Montmorency, établi sous une antique et belle châtaigneraie, qui couvre de ses rameaux épais des danseurs de tous les rangs ; sous ces arbres sont établis les jeux des-

tinés à l'amusement et aux exercices des
joyeux villageois. Tableau ravissant! mélange
heureux de tout ce qui compose la population!
Plusieurs voitures sont préparées pour trans-
porter les convives au rendez-vous si renommé
parmi les habitants de tous les environs. Il fut
convenu qu'on reviendrait vers neuf heures à
Saint-Gratien faire de la musique, où les
élèves de madame de Courville devaient faire
briller leur talent.

Mais, au moment de monter en voiture, l'orgueilleuse Clorinde, qui craignait de rencontrer
au bal de Montmorency Apollina, dont la présence l'eût embarrassée, prétexta une légère
indisposition, et surtout sa surveillance
nécessaire aux préparatifs du concert, afin de
rester au château. Monsieur de Mirecourt,
devinant sans peine le motif secret de sa fille,
lui préparait une dernière épreuve sur laquelle
il fondait l'espoir de la corriger. Il conduisit
tout son monde à la danse champêtre; à peine
madame de Courville en avait-elle parcouru les
sites les plus riants avec ses élèves, qui ne
pouvaient se rassasier de ce ravissant spectacle,
qu'elle est aperçue par la jeune Floquet,
accompagnée de son père. Celle-ci, poussant un
cri de joie, vient se jeter dans les bras de sa
mère adoptive, et presse aussitôt dans les siens
ses jeunes compagnes, dont elle reçoit l'accueil

le plus touchant; c'est ce qu'attendait avec impatience monsieur de Mirecourt. Apollina s'empresse d'annoncer qu'elle habite la moitié d'un petit chalet à peu de distance du lieu de la fête, et qu'il est impossible que ses jeunes amies ne lui accordent pas l'inexprimable plaisir de les y recevoir. Le bon monsieur Floquet joint ses instances à celles de sa fille; et monsieur de Mirecourt, toujours son projet en tête, donne le bras à madame de Courville, qui, ainsi que ses élèves, suivent Apollina.

On arrive à l'humble demeure, remarquable seulement par une extrême propreté, et surtout par une riche collection de fleurs, que depuis quelque temps la jeune solitaire s'occupait à peindre; car, se destinant à l'honorable profession d'institutrice, elle cherchait à réunir tous les talents qui lui seraient profitables. Oh! quelle joie, quel bonheur elle éprouvait de recevoir dans sa modeste retraite sa bonne amie et ses élèves! « Il en manque une, dit alors monsieur de Mirecourt avec une expression très-remarquable; mais la manière dont elle vous accueillit l'autre jour ne lui permettait pas, Mademoiselle, de se présenter aujourd'hui devant vous. » Apollina qui avait remarqué l'absence de Clorinde, baissa les yeux ainsi que son père, et tous les deux gardent le silence. Alors monsieur de Mirecourt raconte lui-même, avec un noble

effort la scène étrange de la cavalcade et supplie ces dames de le seconder dans son entreprise qui pourra peut-être faire sur sa fille une
impression salutaire. Il est donc arrêté que
monsieur de Mirecourt et madame de Courville
se rendront seuls au château, où sans doute
sont déja réunies les personnes les plus distin-
guées et que les jeunes camarades d'Apollina
resteront auprès d'elle et de son père, jusqu'à ce
que l'épreuve tentée sur Clorinde ait produit
son effet.

Voilà donc le joyeux troupeau qui se livre
dans l'humble chalet à tous les épanchements
de la plus franche amitié. Monsieur Floquet,
partageant l'ivresse de sa fille, fit préparer à
l'improviste une collation qui n'offrait ni l'abon-
dance, ni la riche argenterie du grand dîner de
Saint-Gratien; mais des fruits fraîchement cueil-
lis dans des paniers garnis d'un vert feuillage,
du laitage sortant de l'étable, des petits gâteaux
et des croquignoles. Ce qui faisait surtout l'ornement de ce petit repas champêtre, c'était cet abandon de jeunes cœurs, habitués à s'épancher entre
eux, cette gaieté naïve et toujours de bon ton
que madame de Courville savait maintenir avec
soin dans son troupeau.

Oh! que de mots heureux, de rires francs et
d'affectueux épanchements dans cette ravissante
réunion! Jamais Apollina n'avaitété plus folle,

plus aimable, plus expansive ; jamais ses jeunes
camarades n'avaient su mieux apprécier toutes
les qualités de son esprit et de son cœur.

Que faisait pendant ce temps-là la superbe
Clorinde ? Surprise de voir arriver seuls au
château madame de Courville et son père,
elle éprouve la confusion la plus accablante,
lorsqu'elle apprend que ses camarades instruites de l'humiliation qu'elle avait fait éprouver à leur chère Apollina, étaient restées auprès d'elle pour la lui faire oublier. « Je n'ai
pu m'opposer, dit madame de Courville, à cet
élan d'amitié si naturel et si touchant ; et je
n'aurais jamais pu croire qu'une de mes élèves
se fût oubliée à ce point. — Mais on nous attend
dans le grand salon pour le concert, dit monsieur de Mirecourt ; allons rejoindre nos nombreux invités. — Le concert ne peut avoir lieu
sans mes jeunes amies, répond Clorinde avec
confusion, et retenant avec peine les larmes qui
mouillent ses yeux. — En ce cas, il faut y renoncer, reprend le père avec austérité ; car les
camarades de mademoiselle Floquet ne la quitte-
ront pas ; et vous avez mis cette personne dans
l'impossibilité de se présenter chez moi. — Il
n'y aurait qu'un seul moyen qu'on pourrait tenter, reprend à son tour madame de Courville,
mais dont je ne garantirais pas le succès. — Je
suis prête à tout faire, bonne amie, pour répa-

rer ma faute; disposez de moi ! répond la jeune
élève, paraissant faire un sérieux retour sur
elle-même. — Si c'est véritablement le repentir
qui vous guide, ma chère, et non le désir d'exécuter votre concert, je m'offre à vous conduire
chez la jeune Floquet. Elle est vivement blessée,
je ne puis vous le dissimuler : elle a le droit de
l'être... — Mais son cœur est si bon, si généreux... et je serai si repentante, que peut-être je
pourrai la fléchir... Partons ! »

Au moment où l'heureuse Apollina s'épanchait
si délicieusement avec ses jeunes compagnes,
elle entend une voiture s'arrêter devant sa demeure, et bientôt s'offre à ses regards madame
de Courville accompagnée de Clorinde de Mirecourt, dont le regard fier et la tenue préten-
tieuse avaient fait place à l'extérieur le plus
modeste, au ton même le plus suppliant. A son
aspect toutes les jeunes personnes expriment
par leur froideur et leur immobilité que la superbe a perdu ses droits à leur estime, à leur
attachement; lorsque celle-ci d'une voix altérée,
et s'avançant toute tremblante vers Apollina,
lui adresse ces mots : « Je viens réparer envers
vous une faute... qui, je puis *vous* l'assurer
pesait en secret sur mon cœur... Apollina garde
un morne silence... « Ah! si *vous* connaissiez
bien toute la sincérité de mon repentir, *vous* en
auriez compassion... » Même silence, même ap-

parence d'impassibilité... Apollina, *vous* dont la
bonté fut toujours si franche, ne me répondrez-
vous rien? — Je ne connais point les *vous*,
laisse échapper Apollina. — Eh bien! s'écrie Clorinde, avec une expression vive et pénétrante, je
m'adresse donc à *toi*... — A la bonne heure, et
je reconnais ma camarade! » réplique aussitôt
la jeune Floquet, tendant les bras à Clorinde,
qui s'y précipite; et toutes les deux sont con-
fondues dans les plus tendres enlacements.
« Combien je fus coupable, chère amie!... —
Pas un mot de plus! répond vivement Apollina,
lui mettant la main sur la bouche : cela ne ser-
virait qu'à nous faire rougir toutes les deux.
N'altérons pas la joie que nous éprouvons, *toi*
de réparer une erreur, moi de retrouver une
amie. — Je n'attendais pas moins de vous deux,
dit à son tour madame de Courville, et je suis
chargée par monsieur de Mirecourt, dont la tendresse paternelle a tout dirigé, de vous conduire
à son château, confirmer cette heureuse réconciliation. — Ma parure est bien simple, répond
Apollina, pour oser paraître dans un cercle
aussi brillant; mais, si la première parure est
un visage riant, ce que j'éprouve en ce moment me fait espérer que je tiendrai ma place
parmi les dames du grand ton. — Tu leur prou-
veras, chère amie, que les *vassales* comme toi
valent bien les *châtelaines*. — Mon billet t'a

piquée; eh bien! tant mieux! c'était mon intention. — Dis plutôt qu'il m'a ouvert les yeux.
Va, je te dois plus que je ne saurais l'exprimer. «

Monsieur Floquet, ravi de ce que la leçon avait
si bien profité, conduit madame de Courville à
l'une des trois voitures qui les attendaient au
bas du chalet : ils y font placer avec eux Clorinde et Apollina; leurs jeunes camarades rem-
plissent les deux autres voitures; et vingt
minutes après, le cortége fit son entrée triom-
phale au château de monsieur de Mirecourt, où
celui-ci attendait avec impatience le résultat de
sa dernière épreuve. On conçoit toute la joie qu'il
ressentit à la vue de Clorinde et d'Apollina se
tenant par la main. Il presse aussitôt sa fille
sur son sein, la couvre de baisers paternels en
lui disant : « Tu m'as rendu ta mère... » Puis,
se tournant vers la bonne Apollina, dont il
baise la main avec une vive émotion, il ajoute :
« Vous voyez tout ce que je vous dois. »

On passe dans le grand salon, où déjà s'était
réunie une société nombreuse et brillante. Apollina se met au piano pour répondre à l'empressement qu'on avait de l'entendre. Elle ravit,
elle étonne en exécutant une sonate de Listz
avec la verve et la grâce qu'exige cette admirable composition. Elle accompagne ensuite plusieurs personnes qui chantent les plus beaux
morceaux de l'école italienne, et reçoit d'una-

nimes félicitations sur son talent très-remarquable à tenir la partition. Mais ce qui produit
le plus bel effet, et comme chant naturel et
comme heureuse application, c'est un duo que
l'ingénieuse Apollina propose à Clorinde de
chanter avec elle et que souvent elles avaient
exécuté ensemble à la pension. Les regards attendris des deux exécutantes, et la manière
dont elles se jetèrent dans les bras l'une de
l'autre en achevant ce duo, produisirent sur
tous les auditeurs une impression profonde dont
ceux qui n'étaient pas dans le secret cherchè-
rent en vain à interpréter la cause. Apollina
reçut d'eux toutes les plus touchantes félicitations et les plus tendres caresses.

Mais sa digne institutrice, voulant prouver
que les talents de son élève ne se bornaient pas
à la musique, l'invite à déclamer quelques morceaux de poésie à son choix. Apollina récite la
Chute des feuilles, de Millevoye, et la *Pauvre
fille*, de Soumet. Elle mouille tous les yeux,
pénètre tous les cœurs : c'est à qui l'entourera,
lui prodiguera d'honorables suffrages; elle est
traitée en un mot comme la reine de la fête. Au
moment où elle se retirait avec son père dans
un coin du salon, pour se soustraire à ces eni-
vrantes félicitations dont rougissait sa modestie,
Clorinde qui l'accompagnait, lui dit avec une
grande franchise de cœur, en lui rappelant son

ingénieux billet : « C'est toi, ma chère ami, qui deviens la *noble châtelaine*, et je ne suis plus que *l'humble vassale*... Ah ! tu viens de me prouver ce qui jamais ne s'effacera de mon souvenir : c'est que le rang et l'opulence ne sont rien, lorsqu'on les compare à la puissance des nobles qualités de l'âme et au prestige des talents. »

MADELON

L'intérêt que nous portons aux animaux nous donnent souvent une bien douce récompense.

On a vu souvent, dans les combats les plus sanglants, des chevaux s'arrêter au-dessus de leurs cavaliers blessés, désarçonnés, et leur servir d'abri, pour leur donner le temps de reprendre haleine et se soustraire à la mort. Nous avons tous admiré, dans Paris, la touchante résignation de ce chien resté sur les glaçons de la Seine, à l'endroit même où son maître avait été englouti, et qui, l'appelant par des hurlements déchirants, refusa la nourriture qu'on lui présentait sur le rivage, resta sourd à l'appel qu'on lui faisait de toutes parts, attendit enfin, pendant huit jours entiers, que ces forces épuisés l'étendissent sans mouvement et sans

3

vie. Je n'oublierai jamais d'avoir vu, au Jardin des Plantes, l'éléphant mâle caresser de sa trompe, avec le tressaillement du plaisir, la tête d'une petite fille imprudente, qui s'était avancée vers l'énorme animal en lui présentant deux oranges, dont il ne prit qu'une seule, afin de partager avec elle.

Je vais donc raconter à mes jeunes lecteurs un fait récent, dont je fus en quelque sorte l'heureux témoin, et qui prouvera qu'on ne doit jamais balancer à se livrer au mouvement de pitié que nous inspire tout être souffrant.

J'habitais, l'été dernier, un des riants villages qui bordent la Seine, et j'y puisais, entouré d'aimables habitants, ce charme social auquel un septuagénaire est si heureux de participer. Le soir, nous parcourions des sites agrestes, et principalement une prairie assez spacieuse, où l'on menait paître les animaux des environs. Parmi nous était la veuve d'un officier d'artillerie, la baronne de Saint-Marc, jouissant d'une honorable fortune, et se faisant remarquer par les nobles épanchements d'une âme franche et généreuse.

Elle possédait un charmant petit épagneul qui répondait aux bontés de sa maîtresse par un tendre attachement, et faisait, à un seul mot d'ordre, des tours d'adresse curieux, divertissants. Rien n'était à la fois plus gracieux et

plus intéressant que Pyrame, ramassant le
mouchoir de la baronne, qu'elle avait laissé
tomber, portant avec orgueil son ombrelle
enveloppée d'un mouchoir, se tenant en senti-
nelle sur les pattes de derrière, faisant le mort,
l'exercice d'un conscrit, et mille autres singe-
ries qu'on lui avait enseignées. Chacun
admirait l'instinct de ce jeune épagneul, auquel
il ne manquait que la parole. Il nous accompagnait ordinairement dans nos promenades, cou-
rant après les sauterelles, les papillons, et toujours les yeux attachés sur ceux de sa maîtresse, qui d'un seul signe, le rappelait à l'ordre
et lui faisait reprendre sa place auprès d'elle.

Attiré par les cris joyeux de plusieurs villageois, et surtout par les sons d'un galoubet
champêtre, nous entrons dans la prairie
commune où paissaient un grand nombre
d'animaux : tout-à-coup deux gros chiens de
berger se jettent sur Pyrame, et l'allaient
mettre en pièces, lorsqu'une jeune fille d'environ douze ans, d'une figure expressive et d'une
force remarquable, s'élance au milieu des chiens
féroces, arrache de leurs dents et de leurs
pattes le pauvre épagneul, couvert de sang et
d'écume, poussant des cris douloureux, et le
rapporte à la baronne, en lui disant ingénû-
ment : « Oh ! s'il pouvait en r'venir, que je
s'rais contente ! — Oui, oui, lui répond madame

de Saint-Marc, tâtant Pyrame de tous côtés ; et, grâce à toi, chère petite, j'en serai quitte pour la peur... Mais, toi-même, n'es-tu pas blessée? le sang coule de tes bras, de tes mains. — Il est vrai, ces maudits chiens m'ont mordue; mais ce n' s'ra rien. — Cette morsure à ton bras droit est profonde, et tu pourrais être estropiée pour ta vie. Suis-moi, chère enfant ; je veux m'assurer par moi-même que tu ne seras point victime de ton généreux dévouement. » Elle emmène à ces mots la pauvre petite, lui confiant l'épagneul qu'elle venait de sauver, et qui, par l'instinct de la reconnaissance, léchait déjà les plaies de sa jeune bienfaitrice. Celle-ci le caressait à son tour, et ne cessait de répéter : « Oh ! comme il est gentil!... On dirait qu'il me r'mercie. »

Chemin faisant, la conversation s'établit entre la baronne et la jeune fille. « Comment te nommes-tu, chère enfant? — Madelon, Madame, pour vous servir, si j'en étais capable. — Que font tes parents? — Hélas! ils dorment tous les deux au champ du r'pos. C't affreux choléra, qu'a fait tant d' ravage dans l' pays, m' les a ravis dans la même semaine. Je n' saurais songer à ça, voyez-vous, sans qu'un frisson ne m' prenne par tout l' corps, et qu' des pleurs ne s'échappent de mes yeux. — Pauvre orpheline! Et chez qui demeures-tu maintenant

— Chez mon parrain Michaud, l'charron du
village, dont feu mon père était le premier
ouvrier; un brave homme qui n'a pas voulu
qu'on emm'nât sa filleule dans un hospice... Mais
comme il a six enfants tout grouillants, je n'
voulais pas, moi, d'venir encore à sa charge, et
sans not' vieux curé qui s'en est mêlé... c'est
qu' voyez-vous, Madame, quéqu' pauvre qu'on
soit, on sent là certaine fierté... Mais je m' suis
rendue utile chez mon parrain, et ça m'a donné
du cœur... C'est moi qui couche et qui lève ses
derniers nés, deux p'tits espiègles dont j' raffole;
i' conduis les aînés à l'école; j' prépare leur
goûter quand i' z-en r'viennent; j' trempe
ensuite la soupe aux ouvriers, j' m'en régale
avec eux; et sitôt l' dîner, j' conduis paître à la
prairie nos deux vaches, not' chèvre et not'
âne... Oh! je n' manque pas d' besogne. —
Et quel âge as-tu, pour suffire à tant de travail?
— Douze ans à la Saint-Charles, qu'était le
patron d' mon pauvre père... Mais j' suis forte
pour mon âge : voyez plutôt mes bras... » En
ce moment même, l'épagneul lui lèche de nouveau sa blessure, et Madelon reprend en le
caressant : « Oh! comme il est gentil! on dirait
qu'i' voudrait me guérir : sa petite langue est si
douce, mais si douce qu'on croirait une feuille
d' rose qui vient effleurer la peau. »

En achevant cet entretien, la baronne et

Madelon gagnèrent une belle et vaste habitation, où bientôt on fit venir le médecin du village, qui déclara que la morsure faite par un des chiens de berger avait failli déchirer le biceps du bras droit de l'orpheline, qui, peut-être, eût été estropiée pour le reste de sa vie ; mais qu'heureusement la dent meurtrière de l'animal était entrée de côté, et que la blessure n'avait rien de dangereux.

« N'est-il pas vrai, cher docteur, reprend madame de Saint-Marc, que le baume le plus salutaire, qu'on puisse mettre sur la blessure de cette jeune orpheline, c'est la langue de l'animal qu'elle a sauvé? — Sans doute, répliqua le médecin; il n'est point de plaie qui résiste à un pareil spécifique. — En ce cas, Madelon restera près de moi jusqu'à ce que la plaie soit entièrement cicatrisée. — Oh! pas possible, Madame! Eh! qu'est-c' qui f'rait mon ouvrage chez mon parrain? — Je mettrai quelqu'un pour te remplacer, et je me charge de tout. — Et mes chers petits, Lolotte et Fanfan, que diront-ils, quand i' n' me verront plus? I' m'app-ell'ront, i' crieront, i' s' désoleront... Oh! ça m' fend l' cœur, rien qu' d'y songer. — J'irai moi-même les apaiser, leur porter des friandises, et leur faire entendre qu'il faut bien te donner le temps de guérir. — Et not' belle chèvre blanche? qu'est-ce qui la soignera, la conduira à la prairie?

— Je la ferai venir dans mon parc, où elle pourra
paître sous tes yeux. — Et mon parrain, que
j'aurais dû nommer l' premier, et que j'em-
brasse tous les matins, ni pus ni moins qu' s'il
était mon père? — Il viendra tous les jours
recevoir ici ton baiser filial, et pour sa peine, tu
lui verseras quelques rasades de bon vieux vin
qu'il boira à ta santé. — Et à la vôtre, madame
la baronne. — Ainsi, voilà qui est bien convenu:
tu resteras chez moi jusqu'à ce que ta guérison
soit complète. » En ce moment, l'épagneul
saute sur les genoux de Madelon, et lèche de
nouveau son bras, avec une ardeur semblant
annoncer qu'il se chargeait d'accélérer sa
guérison.

La baronne n'eut pas de peine à faire con-
sentir le charron à ce que sa filleule restât auprès d'elle : il aimait trop sincèrement cette
jeune fille, pour ne pas la laisser profiter d'un
évènement qui pouvait influer sur le bonheur
de sa vie. Voilà donc Madelon installée chez la
baronne, qui la présente à tous ses gens comme
si elle eût été de sa famille. L'orpheline en était
toute confuse, et ne savait comment répondre
aux marques d'intérêt que lui donnait madame
de Saint-Marc. Mais ce qui surtout excita sa
surprise et sa vive émotion, c'est que, dès le
lendemain, la baronne la fit déjeuner à sa table,
auprès d'elle, comme si elle eût été son égale.

L'épagneul exprimait, par ses bonds et ses caresses, qu'il partageait le ravissement de Madelon, à laquelle on servit, non du café, non tous
ces mets dont font usage les personnes de qualité, mais une excellente soupe aux choux et au
lard : ce qui lui fit croire qu'elle était encore
parmi les ouvriers du charron. Toutefois elle
accepta plusieurs friandises que lui offrit madame de Saint-Marc, qui s'amusait beaucoup
de son embarras, de ses naïvetés, et surtout des
révérences qu'elle faisait au valet de chambre,
chaque fois qu'il lui donnait une assiette blanche : au dîner qui suivit, l'orpheline occupa la
même place, ainsi que les jours suivants. Le
père Michaud, son parrain, venait la voir tous
les soirs, et remportait à Lolotte et à Fanfan ce
que Madelon avait mis de côté pour eux, avec
la permission de la dame.

Mais le dimanche arriva; le pasteur et les
principaux habitants du village étaient invités
ce jour-là chez madame de Saint-Marc. Madelon,
dont la blessure commençait à se cicatriser, se
disposait à s'en retourner chez le charron, pour
y reprendre ses travaux accoutumés... Qu'on
juge de sa surprise et de son saisissement, lorsque la femme de chambre de la baronne vint
lui annoncer qu'elle a reçu l'ordre de lui donner
des vêtements qui puissent la faire admettre
parmi les nombreux convives du dîner. Elle

étale aux yeux de l'orpheline une robe de mousseline blanche, le pantalon pareil, portant au bas
une double garniture; plus une jolie paire de
souliers de soie puce, et des bas de coton an-
glais à coins à jour, plus enfin un large ruban
rose, pour former de ses cheveux noirs deux
longues tresses.

Madelon voulut d'abord s'opposer à ce qu'on
la revêtit de cet élégant accoutrement, bien qu'il
chatouillât son amour-propre et qu'il éblouit ses
yeux; mais les ordres de la baronne étaient
précis, et moitié curiosité de la jeune fille,
moitié crainte qu'on ne s'amusât à ses dépens,
elle se laissa métamorphoser en demoiselle,
suppliant toutefois la bonne femme de chambre
de lui conserver ses habits villageois qu'elle se
proposait de reprendre dès le soir même.

Entre en ce moment madame de Saint-Marc,
suivie du fidèle épagneul. Elle voulut juger par
elle-même du changement opéré dans le costume de Madelon. Celle-ci va se jeter aussitôt
dans ses bras en lui disant avec une expression
remarquable : « Ah! ne m'humiliez pas. —
T'humilier, chère enfant!... Je n'ai d'autre dessein que de t'élever jusqu'à moi. — Je ne vous
comprends pas, bonne dame. — Bientôt tu sau-
ras tout... mais, en attendant, laisse-moi t'examiner tout à mon aise. Cette robe te sied à ravir.
— Je n'en sais rien; car j' n'ose pas me r'gar-

der. — Tes souliers te gênent peut-être un
peu? — I' m' serrent joliment, ça, c'est sûr ;
mais j' m'y f'rais. — Tes mains et tes bras, noir-
cis aux rayons du soleil, contrastent trop visi-
blement avec une pareille toilette; mais nous
les couvrirons de gants longs et d'une couleur
tranchée... — Vous voulez m' ganter jusqu'au
coude! — Excepté ton bras blessé, qu'on enve-
loppera de soie noire... Voyons, marche un peu.
pour que je juge de ton maintien... Pas mal !
en vérité. Je veux que, dans trois mois, tu sois
comme il faut... Je me charge de ton éducation.

A ces mots, elle la fait asseoir auprès d'elle,
et tout-à-coup Pyrame, qui avait flairé plusieurs
fois les jambes de la jeune fille pour s'assurer
que c'était elle, saute sur ses genoux et lui
lèche le visage, les mains, et surtout sa blessure,
dont la douleur devenait supportable. Madelon
rendait au charmant animal caresse pour caresse, et ne cessait de répéter : « Cher Pyrame!
c'est à toi que j' dois tout cela. »

Bientôt le pasteur du village, le maire et le
juge de paix, ainsi que plusieurs habitants notables, que la baronne avait fait inviter, se réuni-
rent dans le grand salon, se demandant entre eux
quelle était la cause d'une invitation aussi
prompte, aussi instante. Ce mystère leur fut
bientôt expliqué par l'apparition de madame de
Saint-Marc, donnant la main à la jeune orpheline

qu'elle présenta comme sa fille adoptive. Madelon
était si tremblante et si confuse, qu'elle ne com
prît pas d'abord les étranges expressions de la
baronne. « Oui, Messieurs, reprend celle-ci, je
vous ai réunis chez moi pour constater, par un
acte authentique et sacré, que, veuve et sans
enfant, désirant m'attacher un être qui remplirait le vide de mon âme et me rendrait les douces
illusions d'une mère, j'ai choisi Madeleine Perrin,
qui réunit, sans le savoir, toutes les qualités
que je désirais trouver dans celle dont je ferais
la compagne de ma vie, le soutien de ma vieillesse, et l'héritière de ma fortune. Madelon, en
un mot, sous les auspices de monsieur le maire
et de notre vénérable pasteur, assistés de tous
les témoins ici présents... Madelon devient mademoiselle de Saint-Marc, dont elle a déjà le
costume, et dont je me charge de lui donner
bientôt le langage et les manières.

« Moi, d'veni' grand' demoiselle ; s'écrie l'orpheline d'une voix entrecoupée et respirant à
peine. Non, non, c'est impossible ; et je n' saurais accepter... » Sa modestie allait prononcer
un refus que démentait peut-être son cœur,
lorsque l'épagneul, qu'elle portait sous son bras
gauche, l'empêcha d'achever en léchant ses
lèvres tremblantes, et lui coupa la parole. Tous
les assistants applaudirent aux choix de la baronne. Le curé, le maire et le magistrat citèrent

plusieurs traits de courage et de bonté, qui prouvèrent que la jeune fille était digne de tout le bonheur qui lui arrivait, et que c'était Dieu qui chargeait en ce moment madame de Saint-Marc d'accomplir sa justice.

« Tu le vois, s'écrie alors cette femme, pressant Madelon sur son sein, mon choix était écrit dans le ciel... Rends-moi l'enfant que j'ai perdu, chère orpheline; appelle-moi ta mère ! — Ma... prononça la jeune fille éperdue; ma... Madame, j' n'oserai jamais. — Allons, du courage ! de la confiance ! Je t'appelle bien ma fille, moi. — Eh bien ! puisque vous le voulez tous; aussi bien je n' peux plus m'en défendre... ma... ma... mère !... ah ! qu'on est bien dans vos bras ! »

Dès le soir même, cette grande nouvelle fut répandue dans tout le village. Michaud, sa femme et ses enfants accoururent féliciter leur chère Madelon, qu'il n'osèrent ni tutoyer ni embrasser, la retrouvant sous le costume d'une demoiselle. « Est-c' que nous n' te... nous n' vous verrons plus ? disait le charron, n'osant presser sa main gantée. — Qu'est-c' qui soignera mes p'tits, battra l' beurre et f'ra mes fromages ? ajouta sa femme. — Et nous donc ! s'écriaient en pleurant Lolotte et Fanfan, est-c' que j' pouvons nous séparer d' toi ? Quitte, quitte ben vite ces vilains beaux habits, et r'prends ceux d' Madelon. — Oh! leur répondait celle-ci, avec l'élan du cœur, s'i m' fallait renoncer à vous voir, à me r'trouver parmi vous, je r'nonc'rais à l'instant même à tout l' bien que l' ciel m'envoie... N'est-c' pas, Madame... n'est-c' pas, ma mère, qu' vous m' permettrez d'aller tous les jours chez mon parrain? — Tant que tu voudras, chère enfant; et moi-même je t'y accompagnerai. Tu pourras, le soir, reprendre tes vêtements d'orpheline, pour aider la mère Michaud dans son travail... Je t'aiderai, s'il le faut, à battre le beurre et à faire des fromages, ajouta gaiement la baronne. J'ai fait de toi une demoiselle, eh bien! tu feras de moi une fermière; et, par ce moyen, nous serons toujours inséparables. »

Tout s'exécuta comme l'avait annoncé madame de Saint-Marc. Madelon, qui jamais ne voulut changer de nom, fut bientôt entièrement guérie par la langue salutaire de Pyrame. Cet excellent animal s'attachait chaque jour davantage à sa libératrice : il la suivait partout, couchait chaque nuit au pied de son lit, et le matin dès qu'elle s'éveillait, il lui prodiguait les plus tendres caresses, sautant de joie, et montant sur les meubles qui pouvaient l'élever jusqu'à elle, afin de lui lécher le visage et de lui exprimer toute sa reconnaissance. Aussi, chaque fois que la nouvelle demoiselle remerciait la Providence des insignes faveurs dont elle était comblée, elle posait l'épagneul sur une table, appuyait doucement sur lui son bras qu'il avait guéri, et jetant un regard sur son vêtement de demoiselle, ainsi que sur la longue tresse de ses cheveux noirs qui lui descendait sur l'épaule jusqu'à ses genoux, elle pressait doucement Pyrame en répétant : « C'est à toi que je dois tout cela. »

La fille adoptive de la baronne de Saint-Marc, profitant de ses leçons, ne tarda pas à saisir le ton et les manières d'une jeune personne distinguée. Son langage s'épura : son intelligence, développée par des lectures choisies, profitables, fit découvrir en elle un esprit vif et naturel, un goût parfait, un bon sens inaltérable. Conduite à Paris par sa mère adoptive, et présentée dans les cercles brillants qu'elle fréquentait, Madelon se fit remarquer par son maintien digne et modeste, par sa pudeur timide, craignant d'attirer les regards, et surtout par cette justesse d'idées et cette raison naturelle qu'on ne pouvait se lasser d'admirer. On aimait, en elle, l'empressement qu'elle mettait à raconter la cause de son élévation, et sa persistance à ne vouloir être appelée que Madelon par toutes les personnes qu'elle fréquentait, et au milieu même des hommages dont elle était environnée.

Mais ni le prestige enivrant de la capitale, ni

les ressources sans nombre qu'y trouvait la
fille adoptive de la baronne pour mettre à profit
les heureux dons qu'elle avait reçus de la
nature, ne pouvaient lui faire oublier le village
où elle était née, l'atelier du charron Michaud,
où s'était écoulée son enfance. Elle s'imaginait
entendre Lolotte et Fanfan appeler leur chère
Madelon pour faire avec elle la prière du matin,
recevoir de sa main la tartine de miel ou de
beurre frais, les fruits de la saison et les hochets
de leur âge. Elle songeait à cette vie agreste, à
cette existence laborieuse, à ces mœurs de
bonnes gens, au milieu desquels son âme franche et pure avait reçu les premières impres-
sions. Aussi, dès que madame de Saint-Marc
annonçait son départ pour sa terre, la brillante
demoiselle reprenait sa gaieté naïve, ses habitudes villageoises, et redevenait Madelon. Ce
qui surtout la ravissait lorsqu'elle revoyait le
lieu de sa naissance, c'était de retrouver chez
son parrain un air d'aisance et de prospérité.

Tous les dons en argent qu'elle recevait
étaient remis régulièrement au charron, qui
agrandit son atelier, fit des entreprises profitables, et finit par acheter la maison qu'il
habitait. La baronne, instruite de l'usage que
la jeune fille faisait de ses dons, en augmentait
de temps en temps la valeur. Elle éprouvait une
vive jouissance à voir, vers le déclin du jour,

son enfant adoptif se revêtir avec ivresse de ses
habits rustiques, traverser ainsi la majeure partie
du village, et porter son offrande à l'honnête
famille qui l'avait élevée, en répétant avec
ivresse à l'épagneul qu'elle portait sous son
bras, pour le préserver de l'atteinte des chiens
de ferme : « Cher Pyrame !... c'est à toi que je
dois tout cela. »

Pyrame, quoique devenu vieux, infirme, ne
cessa pas d'être chéri, soigné par la bienfaitrice
du village ; et lorsqu'elle tenait sur ses genoux
le vieil épagneul, au milieu des heureux qu'elle
avait faits, elle répétait en le caressant encore :
« C'est à toi que je dois tout cela. »

L'ÉCHOPPE

OU

LE VERRE DE COCO.

Ce qui nous paraît vulgaire et d'une modique
valeur a souvent les résultats les plus heureux,
les plus importants. Rien n'est à dédaigner dans
tout ce qui compose la subsistance du peuple.
Le plus chétif morceau de pain qu'on jette avec

dédain, ou par satiété, à l'animal vorace qui le
guette, apaiserait quelquefois la faim d'un vieillard indigent, calmerait la souffrance d'un
enfant exténué de besoin.

Oh! combien de fois dans Paris, sur la place
des Innocents, j'ai pris plaisir à voir ces
anciennes cantinières de nos armées distribuer
pour la modique somme de dix centimes une
portion de potage composé des rognures que
leur réservent les bouchers de la capitale, le
tout assaisonné de légumes et de racines qui lui
donnent le parfum le plus propre à exciter
l'appétit! La jeune veuve qui venait se récon-
forter, portant son enfant, lui présentait alors
avec ivresse son sein nourricier. Le pauvre
infirme, appuyé sur le bras de la compagne de
sa vie, retrouvait avec elle, moyennant deux
sous, de quoi reprendre des forces pour le reste
de la journée. L'orphelin sans asile prenait à
son tour sa part de l'aliment populaire que lui
présentait le premier assistant aisé qui se trouvait à ses côtés... Je ne pus résister un jour à
l'envie si naturelle de goûter à cette manne du
peuple; mais, au lieu d'une cuiller de bois, on
m'honora d'une cuiller de fer, parfaitement
étamée; et, à la place de la gamelle, on me servit une assiette de faïence, d'une propreté
remarquable. Aussi je payai mon écot d'une
pièce blanche, à condition qu'on donnerait la

portion d'usage à deux pauvres petits Savoyards, dont les lèvres altérées et les yeux avides semblaient annoncer qu'il n'avaient pris de la journée aucune nourriture.

Le souvenir de ce repas populaire, si précieux aux yeux de l'observateur, me revenait souvent à la pensée, et tout ce qu'inventait l'industrie pour satisfaire aux besoins de l'humanité me faisait éprouver un intérêt mêlé d'une sorte d'admiration. C'est à ce sentiment que je dus une des aventures les plus gaies, les plus intéressantes de ma vie; et j'ose croire que mes jeunes lecteurs s'amuseront de tous les détails dans lesquels je vais entrer, et qu'ils partageront la jouissance que me fait éprouver le récit qu'ils vont parcourir.

Un beau jour du mois de juillet, je revenais des Champs-Elysées par le boulevard de la Madeleine, où je rencontrai le baron D***, conseiller d'État, avec lequel j'avais des relations littéraires. Il était accompagné de ses deux filles, Théonie et Anaïs, d'un extérieur agréable, mais dont les goûts et le caractère offraient un contraste frappant. Autant l'aînée était fière et réservée, craignant toujours de compromettre sa dignité, autant la cadette était simple, expansive, s'intéressant à tout ce qui frappait son esprit ou parlait à son cœur. Elles disputaient souvent ensemble, et chacune d'elles défendait son opinion; mais la tendresse mutuelle qu'elles se portaient empêchait toujours qu'il n'y eût rien d'amer dans leurs discussions. « Fais la demoiselle de qualité tout à ton aise! disait en riant Anaïs : cela m'amuse, et je ne t'en veux pas du tout. — Fais la plébéienne, répliquait Théonie, et contemple jusqu'à l'échoppe la plus obscure! je ne t'en aime pas moins, et suis toujours heureuse d'être ta sœur. »

Le baron, homme d'expérience et tendre père, avait souvent essayé de mettre ses deux charmantes filles d'accord; mais doué lui-même d'une gaieté naïve et d'un esprit observateur, il donnait souvent gain de cause à sa chère Anaïs, sans toutefois jamais blesser l'amour-propre de sa bien-aimée Théonie... Au moment où nous nous abordions, presque en face de la Madeleine, nous sommes accostés par un garçon de bureau, qui annonce au baron que le ministre de la guerre l'attend pour une affaire imprévue et très-pressée. Le père, à ces mots, me prie de reconduire ses deux filles auprès de leur mère, rue du Mont-Blanc; et nous prenons un des côtés du boulevard. A peine avions nous fait quelques pas, qu'Anaïs, à qui je donnais le bras gauche, me dit en passant devant la modeste échoppe d'une marchande de tisane, établie sous un grand parasol de toile cirée : « Oh! que j'aurais de plaisir à boire un verre de coco! — Y

songes-tu ? lui dit Théonie, te compromettre à
ce point ! faire toucher à tes lèvres le même
vase où se sont désaltérés les gens du bas
peuple ! — Mais, lui répliquai-je, ces gobelets
argentés sont de la plus scrupuleuse propreté.
La marchande les rince avec soin devant vous
et les essuie avec un linge blanc. J'ose vous
a surer qu'il n'y a pas le moindre danger.....
Voulez-vous que je vous régale, Anaïs ? — Oui !
je meurs de soif et j'accepte. »

Nous abordons aussitôt la marchande, d'une
figure ouverte et riante, aux manières enjô-
leuses ; elle présente à la jeune Anaïs son plus
beau gobelet d'argent véritable, dont le dedans
est en vermeil, et le remplit de tisane, la mousse
au bord. La charmante espiègle l'avale à plusieurs reprises, en avouant que c'était un breu-
vage délicieux. Sa sœur hausse les épaules, et
le dédain empreint sur sa bouche annonce à
quel point elle est scandalisée. Elle me serre le
bras droit, en me disant bas à l'oreille : « Payez
vite, et éloignons-nous ! Si nous étions aperçus
par des personnes de connaissance, je crois que
j'en mourrais de honte. » J'avais tiré ma bourse,
et n'y trouvant aucune pièce de petite monnaie,
je remets à la marchande une pièce de vingt
sous pour acquitter la dette de cinq centimes...
Au moment où cette digne femme s'occupait à
me rendre ce qui me revenait, accourt, toute ha-

letante, une de ses petites voisines, en lui disant :
« Venez vite, madame Frossard! vot' petit garçon est tombé dans l'escalier, et l'on craint qu'il
n'ait l' bras cassé. » A ces mots, l'excellente
mère pousse un cri perçant, et, s'éloignant, elle
me dit avec un accent de confiance et de douleur
qui me pénétra : « Mon bon Monsieur, j' vous
en supplie, veillez à mon échoppe! »

Me voilà donc le gardien, le gérant d'une
boutique en plein vent, mais parfaitement bien
assortie. Là brillaient quatre grandes carafes
remplies de tisane, auprès d'un vase d'eau,
pour y laver les verres et les gobelets ; ici, dans
un serre-liqueurs, on apercevait plusieurs cara-
fons d'eau-de-vie, et, tout à côté, une boîte
remplie de cigares ; enfin, plus loin, un ample
panier de cerises de Montmorency était entouré
de sept à huit douzaines de gâteaux de Nanterre.
« Eh quoi! me dit Théonie, vous vous abaisseriez
jusqu'à débiter vous-même toutes ces drogues?
— Il le faut bien, puisqu'on m'en a fait le dépo-
sitaire. — Moi, reprend gaiement Anaïs, je me
charge de distribuer les cerises et les gâteaux
de Nanterre. — Et moi, ajoutai-je, les verres
d'eau-de-vie et les cigares. — Toi, ma sœur,
reprend l'aimable espiègle en riant de son dépit
et de sa confusion, tu rinceras les verres et les
essuieras avec soin. »

En achevant ces mots, elle lui jette sur les bras

une serviette qu'elle découvre sous le comptoir.

Théonie rejette le linge avec dédain, et déclare qu'elle ne sera point la servante des petites gens qui se présenteront. En effet, deux ouvriers maçons, pratiques assidues de madame Frossard, viennent demander chacun un verre d'eau-de-vie, et témoignent leur surprise de nous trouver à sa place : je leur explique le mystère, et m'empresse de les servir en mettant grain sur bord « C'est bien, me dit l'un d'eux, vous vous ferez des pratiques. — La mère Frossard a bien choisi son remplaçant, me dit l'autre ; et je ne serais pas surpris que vous fissiez boutique nette. » En achevant ces paroles, il me compte quatre sous pour son camarade et pour lui, ce qui m'apprend que chaque verre d'eau-de-vie se vend dix centimes ; j'ouvre le tiroir du comptoir pour y déposer le montant de ma première vente, et j'aperçois dans une corbeille à compartiments plusieurs pièces blanches et un plus grand nombre de monnaie de cuivre, dont je prends un compte exact pour le restituer fidèlement à celle que je représentais.

Arrivent à la fois plusieurs autres ouvriers occupés a l'édifice de la Madeleine et rejoignant leurs travaux, trois heures étant au moment de sonner. Même étonnement de leur part de me voir à la place de la mère Frossard, même explication de la mienne. « Oh ! bon, puisqu'il est ainsi, disent les uns, nous doublerons la pitance. — Il y a plaisir, disent les autres, à voir de riches demoiselles nous servir, ni plus ni moins que si elles étaient nos semblables. » Anaïs redouble de zèle à ces mots; Théonie baisse les yeux et rougit, peut-être le regret de n'être pour rien dans un pareil éloge. Enfin nous distribuons, dans dix minutes de temps, quinze verres d'eau-de-vie et douze cigares, dont nous recevons le prix, que je remarquai parfaitement se monter à chacun quatre sous; car ces braves gens, en voyant que nous nous en rapportions à eux, ne firent pas tort d'une obole à l'excellente madame Frossard : de sorte que nous réalisâmes une vente d'environ dix francs, ce qui nous donnait du cœur à l'ouvrage. Anaïs était dans une joie difficile à exprimer; mais bientôt elle éprouva une émotion d'un autre genre.

Se présente à l'échoppe une jeune fille d'environ dix ans, d'une figure céleste, d'un regard pénétrant, et dont les vêtements annonçaient un état voisin de l'indigence. Elle tenait à la main deux pièces de deux sous, et venait acheter une livre de cerises. Elle s'arrêta stupéfaite à la vue d'Anaïs, qui déjà se munissait des balances pour la servir. Je m'empresse de l'instruire de l'évènement qui a fait disparaître la marchande; déjà ma première fille de boutique a mis le poids d'une livre dans un des plateaux de la balance et remplit l'autre de cerises ; mais, uniquement occupée des intérêts de celle que nous représentions, elle soulève la balance de manière qu'un plateau ne dépasse pas l'autre.

« C'est bien juste ! dit la pauvre petite avec une ingénuité ravissante : madame Froissard me fait meilleure mesure. » Je prends aussitôt une poignée de cerises que j'ajoute à la livre pesée, me promettant bien d'en remettre en secret le prix au comptoir. « Excusez, mon bon Monsieur ! reprend la jeune fille, de l'accent le plus naïf, c'est tout notre dîner à ma sœur ainsi qu'à moi. Le peu de bonne chère que nous pouvons nous procurer, c'est pour notre pauvre mère infirme, que nous soutenons toutes les deux du travail de nos mains. — Oh ! prêtez-moi cent sous, je vous en supplie ! me dit tout bas Anaïs en déposant les cerises dans un des sacs de papier qui se trouvaient auprès d'elle. » Je lui remets en cachette une pièce de cinq francs qu'elle glisse avec adresse parmi les cerises, et la petite se retire en nous remerciant bien de ce que nous lui avions donné en sus du poids véritable, et nous faisant remarquer la pureté de son langage.

Une scène d'un autre genre vint varier nos plaisirs : c'était un jeudi ; et, ce jour-là, tous

les élèves du lycée Bourbon vont en promenade,
sous les auspices des surveillants qui les
accompagnent. Ils suivaient l'allée du boulevard, au nombre d'environ soixante; et parmi
eux se trouvaient les deux fils d'un de mes plus
intimes amis; ils me reconnaissent et ne peuvent
s'empêcher de dire à leurs camarades : « Oh!
regardez donc monsieur Bouilly qui vend du
coco! — Est-il possible? disent les uns. — Il
est avec deux jeunes personnes, disent les
autres : qu'est-ce que cela signifie? — Serait-ce
une gageure? — Il reçoit l'argent avec une
avidité! — La joie est peinte sur sa figure. —
La demoiselle à sa gauche pèse des cerises avec
une grâce, une adresse! — Il faut nous en
régaler. »

Aussitôt ils entourent leurs surveillants,
auxquels ils me nomment, et, sans peine,
obtiennent la permission de s'arrêter à notre
échoppe. « Eh bien! notre cher conteur, vous
voilà donc marchand de tisane? » me disent les
deux enfants de mon ami en me serrant la main
avec une affection mêlée d'une vive curiosité
Dans un instant l'échoppe est entourée de tous
leurs camarades et des surveillants, auxquels
je raconte l'évènement qui m'a mis à la place
de la marchande. « Ces deux demoiselles,
ajoutai-je avec intention, ont bien voulu me
seconder dans l'exécution de mon mandat, et

4

notre petit commerce surpasse nos espérances. »
Mille applaudissements se font entendre, et la
troupe joyeuse annonce qu'il sera fait emplette
de tous les objets composant notre fond de boutique.

Pendant que j'achève de vider les carafes de
tisane, qui furent bientôt épuisées, et les flacons
d'eau-de-vie, où toutefois il fut convenu que je
mêlerais une moitié d'eau pure, Anaïs pesait et
distribuait les cerises de Montmorency par
demi-livre. « Et vous, Mademoiselle? dit un
des plus grands lycéens à Théonie, qui n'était
pas insensible aux éloges dont on comblait sa
sœur, est-ce que nous ne recevrons pas aussi
quelque chose de votre main? — Il serait difficile de vous refuser, Messieurs, répond celle-ci
en rougissant; et la voilà qui distribue elle-
même tous les gâteaux de Nanterre, dont elle
reçoit le prix, non à un sou la pièce, mais à
trois et quatre fois la valeur; les pièces blanches
remplaçaient les gros sous, et notre recette
monta, par ce généreux hommage, à près de
soixante francs.

Cette scène, à la fois si neuve et si gaie, attirait tous les passants; et la maréchale D*** qui
passait sur le boulevard avec ses deux filles,
m'ayant reconnu, fit arrêter sa voiture, se mêla
parmi les nombreux spectateurs qui m'entouraient, et qui lui révélèrent la cause du débit

que je faisais avec mes deux jeunes acolytes.
Elle perce la foule et me prie d'offrir à chacune
de ses filles un verre de coco, qui leur rappel-
lera, disait-elle, que jamais une bonne action ne
peut qu'honorer celui qui la fait. Ces paroles
remarquables ravissent Théonie, qui s'empresse
d'essuyer elle-même avec soin le gobelet dont
le dedans est en vermeil. Je remplis, pendant ce
temps, une des carafes qu'avaient vidées nos
joyeux lycéens, avec un reste de tisane contenu
dans une grande cruche de grès, placée sur le
comptoir; et ma seconde fille de boutique sert
une rasade de tisane à chacune des filles de la
maréchale, qui lui dit, en lui remettant une
pièce d'or : « Vous paraissez bien distinguée,
Mademoiselle; mais, de votre vie, vous ne ferez
rien qui vous honore plus à mes yeux. » Elle
s'éloigne à ces mots, et regagne sa voiture aux
applaudissements des lycéens qui, ayant épuisé
tout ce qui composait notre fonds de commerce,
redoublèrent de félicitations et continuèrent
leur promenade.

Bientôt vint nous rejoindre madame Frossard,
se confondant en excuses de nous avoir retenues
près d'une heure à son échoppe. Elle nous
apprend que son enfant n'a que le bras démis,
et que, grâce au ciel, il ne sera point estropié.
« Eh! mon bon Dieu! ajoute-t-elle en regardant
son comptoir où il ne restait plus que quelques

cigares, i' m' paraît qu' vous avez tout vendu.
— Oh! nous avons fait d'excellentes affaires, lui
répond Anaïs avec l'expression de la joie la
plus vive. — Voyez plutôt, ajoutai-je en lui
remettant sa corbeille : notre recette monte à
cent vingt francs trente-cinq centimes. — Que
dites-vous-là, mon bon Monsieur? Tout mon
fonds, quand j' vous l'ai r'mis, n' montait pas
à trente francs. — Eh bien! nous en avons qua-
druplé la valeur, et nous nous en félicitons. » Je
lui raconte, à ces mots, toutes nos heureuses chan-
ces ; et cette excellente femme, baisant les mains
d'Anaïs et celles de Théonie, qui n'y était pas
insensible, s'écrie avec enthousiasme : « Cent
vingt francs dans une seule vente!... C'est
décidé, je m' lance dans l' cassis et la prune à
l'eau-de-vie. — Si vous aviez encore besoin de
nous pour favoriser votre vente, lui dit Anaïs
avec l'élan de la plus franche gaieté, vous n'aurez qu'à faire prévenir vos deux filles de boutique, rue du Mont-Blanc, n° 45. » Théonie,
quoique à moitié convertie, tremblait déjà que
la marchande ne prît sa sœur au mot; mais la
digne femme refusa, prétendant que ce serait
abuser de la bonté de ses deux charmantes bien-
faitrices.

Nous nous disposions à suivre les boulevards
et à nous éloigner de l'échoppe où nous venions
d'éprouver tant de jouissances, lorsque nous

voyons revenir à nous la petite fille à la livre de
cerises, qu'elle rapporte dans le même sac, en
nous disant avec cet accent de la vertu timide
qui craint jusqu'au moindre soupçon, et présentant à Anaïs la pièce de cinq francs qu'elle m'a-
vait empruntée : « Mademoiselle est trop bonne
pour avoir voulu nous mettre à l'épreuve, ma
mère, ma sœur et moi : nous ne sommes que de
pauvres gens, mais nous ne recevons jamais
rien que ce que nous produit notre travail...
Reprenez votre argent, je vous en prie ! et souvenez-vous que les filles d'un brave maréchal-
des-logis, qui mourut au champ d'honneur,
préfèrent passer les nuits à coudre plutôt que de
recevoir la charité. — Cette noble fierté, lui
répond Anaïs, ne vous rend que plus intéressante encore ;... laissez-moi vous embrasser ! —
Vous me faites trop d'honneur, ma belle demoiselle. — Et moi donc ! dit à son tour Théonie,
pressant dans ses bras cette intéressante petite.
— Comment vous nommez-vous, chère enfant ?
lui demandai-je. — Camille Durand, sœur de
Joséphine, toutes les deux filles de madame
veuve Durand, ouvrière en linge. — Et où
demeure votre digne mère ? — Rue Godot de
Maurol, n° 15, au cinquième, tout au fond de
l'allée. — Remportez vos cerises, reprend Anaïs,
elles vous appartiennent : vous les avez payées...
Quant à la pièce de cinq francs que je reprends

en ce moment, j'espère la faire accepter à
madame votre mère, des mains de la mienne,
dont le père est mort de même au champ
d'honneur, et qui porte un vif intérêt aux
veuves et aux enfants des braves. — Oh! oui,
s'écrie Théonie, les secourir est notre occupation la plus chère. — Au revoir donc, noble et
intéressante jeune fille! ajoutai-je en lui serrant
la main. Continuez à prolonger par votre
dévouement filial les jours de celle à qui vous
devez la vie!... et croyez que vous en recevrez
la juste récompense. »

Dès le lendemain, vers les trois heures, nous
nous rendîmes, la baronne, ses deux filles et moi,
chez la veuve Durand, à l'adresse que nous avait
donnée la jeune fille; et nous fûmes émues du
spectacle qui s'offrit à nos yeux. Dans un vieux
fauteuil de tapisserie, était gisante une femme
d'environ quarante-cinq ans, dont les traits,
quoique altérés par la souffrance, avaient quelques restes de beauté. Trop faible encore pour
nous faire les honneurs de sa modique retraite,
elle nous fit offrir par ses filles des chaises à
peine rempaillées, qui, avec deux escabeaux,
un lit en bois de noyer pour la mère, un autre
un peu plus large pour ses enfants mais sans
rideaux, composaient tout son ameublement.

« Vous voyez, nous dit madame Durand, une
mère qui n'existe que du travail de ses enfants.

Atteinte d'une maladie de langueur, causée par
la mort de mon mari, je ne saurais aider mes
filles à la couture; et les pauvres petites se pri-
vent de tout pour moi. — Et dans quel corps
servait monsieur votre mari? lui demandai-je.
— Dans le sixième de dragons, mon cher monsieur. — Et il est mort?... A la bataille de Wa-
terloo, après avoir chargé cinq fois l'ennemi. —
Combien avait-il de service? — Trente ans
moins quelques mois; c'est ce qui m'a privée
de la pension des veuves. — Mais on a des
égards pour celles des braves morts sur le champ
de bataille... Avez-vous un récépissé de vos
pièces déposées au ministère de la guerre? — Le
voici, répond vivement Camille, le tirant d'un
portefeuille de cuir, déposé dans une vieille
commode. — Veuillez nous le confier, dit aussitôt la baronne, et peut-être parviendrons-nous
à vous faire obtenir justice... Mais, en attendant,
permettez-moi, respectacle veuve, de vous faire
participer aux secours offerts par une réunion
de dames dont je fais partie, aux familles des
militaires victimes de leur courage. Si vous
regrettez un mari, moi je pleure tous les jours
un père : que cette douloureuse affinité qui
existe entre nous me donne le droit de vous
faire une offrande... ou plutôt une avance sur
la pension que je me propose de vous faire obtenir. — J'accepte, Madame, et même sans

rougir : il est de ces dons qui honorent à la fois
et la main qui les offre, et la main qui les reçoit... » Ces mots, prononcés avec dignité, nous
prouvèrent que madame Durand avait reçu certaine éducation qu'elle communiquait à ses
deux filles, dont le langage était aussi pur qu'expressif. La baronne lui remit une bourse contenant plusieurs pièces d'or; et l'heureuse Anaïs,
pressant de nouveau la jeune Camille dans ses
bras, lui dit en sortant : « Quand vous irez acheter quelque chose à l'échoppe de madame Frossard, souvenez-vous de ses deux filles de boutique. »

La prévision de la baronne ne tarda pas à
s'accomplir : les fréquentes relations de son
mari avec le ministre de la guerre firent obte-
'nir à la veuve et aux enfants du maréchal des
logis une pension de quatre cents francs, qui
rendit à cette honnête famille l'aisance et le
bonheur. Madame Durand recouvra la santé, et
joignit le travail de ses mains à celui de ses
filles. Elles furent placées chez une marchande
lingère très-renommée dans Paris, où elles se
perfectionnèrent dans leur état.

La baronne allait souvent la visiter avec
Anaïs et Théonie, alors lancées dans le grand
monde. L'aînée éprouvait un grand plaisir à
raconter l'aventure de l'échoppe, en avouant
toutefois combien il en avait coûté à sa vanité.

La cadette répétait à qui voulait l'entendre l'anecdote historique de la livre de cerises, et surtout ces mots charmants de la petite Camille : « C'est bien juste!... « Puis, récapitulant tour à tour le bonheur d'avoir dompté l'égoïsme et la ridicule fierté de sa sœur, d'avoir mis la bonne madame Frossard en état de doubler son petit commerce, enfin d'avoir secouru dignement la veuve d'un brave mort pour son pays, et replacé dignement ses deux filles dans l'ordre social, elle me disait avec sa gaieté ravissante : « Voilà pourtant, vieux conteur, ce qu'a produit un *seul verre de coco!*... Vous qui parcourez le monde, en cherchant quelques traits dont le récit puisse intéresser, j'ose croire que vous n'oublierez pas celui-là. — Non, sans doute, lui répondis-je, et j'espère en faire mon profit. Je retracerai surtout les vives jouissances que vous a procurées cette aventure : je vous dépeindrai, vous, demoiselle d'un haut rang, m'escortant sous un parapluie de toile cirée, distribuant au peuple de la tisane, des gâteaux et des cerises, la serviette sous le bras, et rinçant les gobelets; je retracerai l'honneur que vous a fait dans le monde cet acte de dévouement, de bienfaisance; et, vous citant pour modèle, je répéterai ces belles paroles d'un de nos plus grands orateurs de la chaire : « Plus on s'abaisse pour secourir l'indigence, plus on s'élève aux yeux de Dieu. »

LA LEÇON MATERNELLE.

Si les enfants songeaient à tous les tourments, à toutes les privations qu'éprouvent leurs parents pour diriger leur première éducation, ils se livreraient à l'étude avec plus de zèle, et par cela même s'épargneraient bien des dégoûts, bien des ennuis. Le jardinier qui soigne un jeune arbrisseau destiné à devenir un arbre utile n'est contrarié dans ses soins que par quelques coups de vent qui nuisent momentanément à son ouvrage; mais une tendre mère qui ose entreprendre d'instruire à la fois ses deux jeunes fils d'un caractère impétueux et d'une espièglerie indomptable, ne saurait employer trop d'adresse, de dévouement et de patience pour atteindre le but qu'elle s'est proposé.

J'éprouve donc un grand plaisir à décrire ici le moyen tout à la fois ingénieux et touchant qu'employa une jeune dame de mes parentes, pour dompter la pétulance et l'insubordination de ses deux enfants, dont l'aîné comptait déjà neuf ans, et le cadet huit environ. L'un et l'autre avaient la figure la plus expressive, une force physique remarquable; mais ils étaient d'une

vivacité, d'un entêtement et d'une insouciance
que n'avaient pu comprimer ni la tendresse
qu'ils portaient à leur mère, ni la crainte même
qu'essayait vainement de leur inspirer leur
père, colonel de cavalerie. Frédéric, beau petit
gaillard à la chevelure noire, savait à peine
épeler; et son frère, Arthur, faisait des contor-
sions et des grimaces, aussitôt qu'on lui présentait un alphabet. Cet étrange retard dans
leur éducation n'eût point eu lieu, sans doute,
si leur père ne s'était pas souvent absenté de
Paris, pour remplir ses devoirs militaires; et la
mère, femme d'un esprit séduisant et d'un savoir
remarquable, avait toujours été retenue, dans
ses projets de première instruction, par l'aïeule
paternelle des deux charmants espiègles, qui
les aimait à l'idolâtrie, leurs folies charmant la
fin de sa carrière. La vieillesse et l'enfance
aiment à se rapprocher : l'une rajeunit près de
l'autre, et celle-ci jouit du bonheur qu'elle procure à la première, et surtout de l'empire
qu'elle exerce sur elle.

Déjà toutefois le colonel Darmincourt avait
exprimé à ses deux fils le mécontentement que
lui faisait éprouver leur ignorance. « A neuf
ans, disait-il à Frédéric, ne pas savoir lire?
ignorer les premiers principes de sa langue, de
l'histoire, de la géographie!... Et toi, maudit
petit mauvais sujet, disait-il ensuite au pétu-

lant Arthur, passer tout ton temps à jouer à la balle, à la corde, au cerceau; employer tes matinées à préparer un cerf-volant, et tes soirées à le lancer aux Champs-Élysées ou sur la butte Montmartre!..... — Bah! bah! lui répondait la vieille madame Darmincourt, laissez-les s'amuser tant qu'ils sont jeunes : les occupations et les soucis n'arrivent que trop tôt. A leur âge, mon fils, je vous laissais vos coudées franches; à dix ans, vous n'étiez encore que l'enfant de la nature; et vous voyez ce que vous êtes devenu. — Oui, ma mère, mais c'est par un travail forcé, par des efforts opiniâtres qui faillirent me coûter la vie; et c'est ce que je prétends éviter à mes enfants. » A ces mots, la vieille dame, qui n'aimait pas à être contredite, murmurait, s'emportait, tant était grande sa tendresse pour ses petits-enfants; et le colonel, qui portait à sa mère un respect filial, une soumission sans bornes, s'éloignait et la laissait gâter tout à son aise ses deux fils, qui redoublaient alors pour leur aïeule de dévouement et de caresses.

Cependant l'étrange ignorance des deux frères finit par être remarquée dans le monde, et les exposa à des humiliations qui blessèrent vivement l'amour-propre de leur mère. Cent fois, dans les réunions des enfants de leur âge, ils furent en butte aux plus mordantes plai-

santeries sur leur défaut de première instruction
et, comme ils n'étaient pas endurants, des plai-
santeries on en venait aux gourmades, dont
plus d'une fois ils rapportèrent les traces à la
maison paternelle. Leur aïeule, altière et despote, criait alors à l'insulte, et prétendait qu'il
fallait en tirer vengeance ; mais que faire à de
jeunes étourdis qui n'avaient fait que donner
aux fils du colonel la leçon qu'ils méritaient ? Lui-
même en faisait l'aveu, et prétendait que Frédéric et Arthur devaient être privés de se mêler
aux jeux de leurs petits camarades, tant qu'ils
ne sauraient ni lire ni écrire.

Madame Darmincourt, dont le savoir égalait
la raison, ne put de son côté supporter plus
longtemps la pénible pensée de voir ses deux
fils devenir, parmi les enfants de leur âge,
l'objet de querelles fréquentes qui pouvaient
avoir de fâcheux résultats. Elle conçut donc le
projet, digne à la fois d'une tendre mère et
d'une femme d'esprit, de forcer Arthur et Frédéric à se livrer d'eux-mêmes à l'étude, à connaître les préliminaires d'une instruction indispensable. Elle s'entendit, pour réussir dans cette
entreprise, avec son mari, qui ne désirait pas
moins qu'elle soustraire ses deux fils à l'aveugle
tendresse de leur aïeule, et les mettre à même
d'être admis aux institutions qui devaient les
conduire à la position sociale où les appelait
leur naissance.

La veille du jour où il devait rejoindre son
régiment, au moment où Frédéric et Arthur
venaient offrir à leurs parents le salut du matin,
ils trouvèrent leur mère assise sur son otto-
mane, la figure cachée dans ses mains, et paraissant accablée de douleur : le colonel, marchant
à grands pas et affectant une grande colère,
prononçait avec énergie ces mots effrayants :
« Oui, Madame, je vous le dis pour la dernière
fois : si, dans trois mois, lorsque je reviendrai
de mon service, vos deux fils ne savent pas lire
très-couramment, je vous prive de leur présence, et les mets entre les mains de maîtres
qui les traiteront comme ils le méritent. » A ces
mots, il jette un regard plein de courroux sur
les deux espiègles, tremblants et stupéfaits de
l'emportement de leur père. C'était, en effet, la
première fois que le colonel éclatait de la sorte
et, pour soutenir le ton de sévérité menaçante
qu'il avait pris, il sortit furtivement et partit le
soir même sans embrasser ses enfants.

Ceux-ci témoignèrent à leur mère la vive et
profonde impression qu'avaient produite sur
eux les menaces du colonel; madame Darmincourt n'attendait que cet aveu pour exécuter le
plan qu'elle avait formé; elle leur déclara que,
voulant éviter les humiliations qu'ils lui faisaient subir dans le monde, elle avait pris la
résolution de ne plus s'y montrer jusqu'à ce

qu'ils fussent en état de lire couramment trois
grandes pages, prises au hasard dans tel livre
qu'on choisirait. « Je me condamne aux arrêts,
ajoutait-elle avec l'expression la plus touchante,
pour me punir de ma faiblesse envers vous.
Rien ne pourra me distraire de la solitude à
laquelle je me voue, jusqu'à ce que vous puis-
siez vous montrer en public sans me faire rougir..... C'est à vous seuls, Messieurs, qu'il
appartient de faire cesser ou de **prolonger** ma
captivité. »

Frédéric et Arthur se regardaient l'un l'autre,
en cherchant ce que chacun pensait d'une semblable résolution. « Bah! disait l'aîné, maman
dit cela pour nous effrayer. — Ça, c'est sûr,
disait à son tour le cadet; mais quand une fois
elle a résolu quelque chose... — Bon! grand'-
maman ne souffrira pas qu'elle s'emprisonne
de la sorte, et saura bien la forcer à paraître au
salon, à faire les honneurs de la table, quand
nous aurons du monde à dîner. — Je pense
comme toi, frère : allons jouer à la balle, et ne
songeons qu'à nous divertir. »

Le lendemain, nos deux insubordonnés, au
lieu de trouver leur mère occupée avec sa
femme de chambre, de sa toilette pour le soir,
ne furent pas peu surpris de l'entendre annoncer à ses gens qu'elle ne sortirait pas. Elle reçut
le bonjour accoutumé de ses enfants avec

affection, mais en les observant bien, et donna devant eux l'ordre qu'on lui apportât à déjeuner dans son cabinet.

Elle se vêtit d'un simple peignoir de mousseline, releva ses cheveux sous un réseau de gaze, et dit à ses deux fils avec un sourire affectueux, et la plus grande sécurité : « Vous, mes chers amis, vous déjeunerez avec votre grand'maman; vous aurez pour elle tous les égards qu'elle mérite; et si elle s'aperçoit de mon absence, vous lui ferez part de la résolution que j'ai prise, et qui, je vous le répète, est irrévocable.»

« Dis donc, Frédéric, cela devient sérieux, au moins. — C'est une épreuve qu'elle veut faire sur nous; mais il faut tenir ferme et ne pas céder. — Je ne demanderais pas mieux; mais cette idée que notre mère garde pour nous les arrêts... Oh ! c'est bien dur à penser. — Et moi je te soutiens qu'elle n'y restera pas vingt-quatre heures sans que l'ennui s'empare d'elle. — Nous irons la voir tous les jours, et plutôt dix fois qu'une! — Sans doute; mais nous ne lui parlerons de rien; il faut la voir venir : oh ! moi, j'ai du caractère. Pardine! je n'en manque pas non plus : cependant je t'avouerai que j'aime encore plus maman que je n'ai de fierté. — Je ne l'aime pas moins que toi; mais il faut savoir être homme. »

Telle fut la conversation des deux frères, en

descendant au salon, où ils se livrèrent à leurs
jeux accoutumés, jusqu'à ce que parut leur vénérable aïeule, qui leur prodigua les plus
tendres caresses. « Eh bien! mon Frédéric,
avons-nous bien joué ce matin sous les beaux
arbres du jardin des Tuileries?.. .. Et toi, mon
Arthur, avons-nous bien disputé le prix du
ballon, du cerceau? J'avais recommandé à mon
vieux valet de chambre de vous acheter des
gâteaux, du sucre d'orge, et de vous faire
boire à chacun une bonne limonade... Ces
chers enfants! qui n'en raffolerait pas! ils sont
si gentils! si charmants! si dociles. Ce sont de
vrais petits anges. » Et là-dessus la grand'-
maman les couvrait de mille baisers, en répétant avec un enthousiasme maternel : « Oui,
oui, ce sont de vrais petits anges! »

Un laquais annonce que le déjeuner est
servi. L'aïeule, qui déjà s'est emparée de l'épaule
de Frédéric et tient Arthur par la main, gagne
avec eux la salle à manger où elle s'étonne de
ne pas trouver leur mère. Les deux enfants
alors lui font part de la détermination qu'elle
avait prise; et la bonne vieille, riant aux éclats,
s'écrie : « Le tour est ingénieux, il faut en con-
venir; mais je la connais, et ne lui donne pas
deux jours sans la voir redescendre parmi nous.
Demain justement il y a grande soirée chez le
commandant de la place de Paris, intime ami de

mon fils; et bien certainement elle ne manquera
pas d'y assister. — C'est ce que je disais à mon
frère, ajoute Frédéric : tenons ferme, et nous la
forcerons de céder. — Pour moi, réplique Arthur, je ne serais pas surpris que maman per-
sistât à garder les arrêts. — Si l'on apprend
cela dans le monde, reprend l'aïeule, on en rira
beaucoup.... mais je me charge de la faire revenir de cette folle idée, et d'attendre que le temps
de commencer votre éducation soit venu. — Mon
frère a neuf ans, moi j'en ai huit, bonne-
maman ! et pourtant nous ne savons même pas
lire. — Bah ! bah ! vous en saurez toujours
assez, mes petits amis : tranquillisez-vous, je
me charge d'arranger tout cela. »

Le déjeuner fini, la vieille douairière monte à
l'appartement de sa bru, qu'elle trouve seule
dans son cabinet, occupée à peindre des fleurs,
son occupation chérie. Une vive conversation
s'engage entre elles : l'aïeule prend avec chaleur
le parti de ses petits-enfants, et soutient qu'il
faut laisser se développer leurs forces physiques,
avant que de les fatiguer par l'étude et de leur
faire subir toutes les privations qu'elle impose.
Madame Darmincourt combat sa belle-mère
avec toute la déférence qui lui est due. Elle soutient à son tour que lorsqu'on laisse de jeunes
plantes trop longtemps sans culture, elles se fa-
nent et sont avortées, même avant de rien pro-

duire. S'armant ensuite des paroles expressives qu'avait proférées le colonel devant ses enfants, la veille de son départ, elle déclara de nouveau qu'elle ne quitterait sa retraite et ne reparaîtrait dans le monde que lorsque ses deux fils seraient en état de s'y montrer sans la faire rougir.

« Après tout, ajoutait madame Darmincourt, d'un ton digne et prononcé, l'ignorance étrange où se trouvent mes enfants et l'isolement où elle me condamne sont votre ouvrage ; et permettez-moi de vous dire, avec tout le respect que je vous porte, qu'il est pénible et cruel pour une mère de famille, connaissant toute l'.mportance de ses devoirs, d'être sans cesse arrêtée dans les efforts qu'elle fait pour les remplir, par la crainte de déplaire à de grands parents qui ne tiennent pas toujours compte des sacrifices qu'on leur fait. Vous êtes si heureuse des espiègleries de vos petits-fils, et vous répétez si souvent qu'ils vous rajeunissent, que j'ai négligé jusqu'à ce jour de remplir les obligations d'une mère. Laissez-moi donc, je vous en supplie, réparer ma faute. Il en est temps : mon fils aîné devrait être en état d'entrer dans un lycée ; et le cadet, entraîné par l'exemple et l'insubordination de son frère, ne connaît pas même ses lettres. Mais j'espère beaucoup de sa sensibilité naturelle et du tendre attachement qu'il me porte. Comblez-les de hochets, de

friandises, chaque fois qu'ils vous rendent leurs
devoirs ; gâtez-les tout à votre aise, j'y consens ;
mais daignez me promettre de ne vous mêler en
rien de l'épreuve que je vais tenter, de les laisser se livrer à toutes les réflexions que ma
conduite leur fera naître, de ne pas les autoriser
à me résister... et je serais bien trompée si, d'ici
à quelques mois, je ne leur faisais pas réparer
le temps perdu, si je ne les rendais pas, en un
mot, tout-à-fait dignes de votre tendresse. Vous
les idolâtrez pour l'expression de leurs figures,
pour la vivacité de leurs reparties ; mais votre
amour pour eux doublerait, ma chère belle-
mère, si vous les voyez soumis sans contrainte,
instruits sans prétention, caressants sans calcul
et pourvus, par des lectures utiles, de ce qui
forme à la fois et l'esprit et le cœur, fait aimer, re-
chercher dans le monde, et nous y entoure d'une
considération que seules peuvent nous procurer
une instruction véritable, une éducation suivie. »

L'aïeule ne put s'empêcher de reconnaître la
vérité d'un pareil langage, et déclara qu'elle ne
se mêlerait en rien de l'entreprise formée par
sa bru. « Mais je suis sûre, ajouta-t-elle, que
vous-même, ma chère, vous ne pourrez résister
à renoncer pendant plusieurs mois aux attraits
des cercles brillants dont vous faites l'ornement.
Je ne vous donne pas quinze jours, sans que
vous fassiez l'aveu qu'un pareil dévouement est

au-dessus de vos forces, et qu'à votre âge, répandue comme vous l'êtes dans le grand monde, il n'est pas possible de s'enterrer vivante. — Eh bien! je vous prouverai, je l'espère, de que's sacrifices peut-être capable une mère qui sent bien toute la dignité de son titre, et les devoirs que lui prescrit la nature.

Madame Darmincourt continua donc à se tenir dans la solitude, où ses deux enfants allaient chaque matin l'embrasser, mais auxquels jamais la tendre mère ne parlait de la résolution qu'elle avait prise. Elle était la première à leur dire d'aller se livrer aux jeux de leur âge, croquer les friandises que leur réservait leur grand'mère, et la bien divertir par leurs joyeuses espiègleries : ce qu'ils ne manquaient pas de faire; et l'heureuse aïeule, s'imaginant l'emporter sur sa bru, redoublait de cajoleries pour ses petits-enfants et ne cessait de répéter : «La recluse n'y résistera pas ; et je gagerais que bientôt elle reconnaîtra sa romanesque extravagance. »

Cependant le bal avait eu lieu chez le commandant de la place de Paris, sans qu'on y vît paraître madame Darmincourt. Toutes les personnes qui se présentaient chez elle n'étaient reçues que par sa belle-mère s'égayant toujours à ses dépens, au point qu'on fut instruit, dans tous es cercles que fréquentait la femme du colonel, de l'étrange détermination qu'elle avait prise. Les uns la regardaient comme une singularité dont le principal motif était de se faire remarquer; les autres prétendaient que c'était une idée noble, ingénieuse, un véritable héroïsme maternel Enfin les gens plus sages, ou plus incrédules, disaient qu'il fallait attendre le résultat d'une semblable abnégation de soi-même, pour juger de l'influence qu'elle aurait sur les deux enfants.

Ceux-ci laissèrent quinze jours s'écouler, sans qu'ils parussent se ralentir de leurs jeux accoutumés. Ce qui surtout les maintenait dans leurs chères habitudes, c'était l'accueil gracieux que leur faisait leur mère, lorsqu'ils allaient la visiter. Jamais le moindre nuage sur son front, jamais le moindre reproche sur ses lèvres... Un soir cependant qu'elle était occupée à faire une lecture attachante, entre Arthur, l'air triste et la démarche incertaine. Il prend un tabouret, s'assied aux pieds de sa mère, et, la regardant, les yeux mouillés de pleurs, il lui dit du ton le plus expressif : « Voilà pourtant quinze grands jours que tu es prisonnière, tandis que mon frère et moi nous nous livrons à tous les plaisirs dont nous sommes entourés!... mais je n'y tiens plus; et cette pensée que notre mère est captive, tandis que nous parcourons toutes les promenades, et qu'elle souffre lorsque nous

nous amusons!... Oh! cela me déchire et m'accable. Il faut absolument que cela finisse : et, dès demain, je prétends prendre une première leçon de lecture. Vois-tu cet alphabet que notre bonne gouvernante a bien voulu m'acheter sur mes semaines? il ne me quittera pas que je ne sache lire tout couramment. » La mère, émue elle-même jusqu'aux larmes, prend son fils dans ses bras et le couvre de baisers, en s'écriant avec ivresse : « J'étais bien sûre que tu me reviendrais... Non, la nature ne perd jamais ses droits... Pourtant, je l'avouerai, j'ai trouvé la quinzaine un peu longue. » Et aussitôt la recluse s'empresse de donner la première leçon à son fils, qui ne cessait de répéter : « Oh! maman, que c'est difficile! je crains bien que tu ne restes longtemps prisonnière. — Ton aptitude et ta patience, cher enfant, abrégeront ma captivité. »

Le lendemain matin, Arthur retourna prendre sa seconde leçon, qui lui parut moins effrayante; et comme il descendait de chez sa mère, son alphabet à la main, il rencontre Frédéric dans l'escalier qui lui dit : « Eh! d'où viens-tu donc? je t'ai cherché partout. — Je viens de chez maman prendre ma leçon de lecture. — Comment, sans m'en prévenir? — Dame, tu répétais sans cesse : « Il faut tenir ferme... il faut la voir venir... » moi, j'ai cru que c'était

un fils qui devait aller au-devant de sa mère, et
je suis allé me jeter dans les bras de la mienne.
— Elle t'aura sans doute bien recommandé de
m'amener avec toi? — Elle ne m'a pas dit un
mot de cela : elle est bonne, maman ; mais elle
est fière, et je suis de son avis, ce n'est pas une
mère à faire les avances. — C'est juste... ainsi
me voilà, moi, délaissé, oublié, réduit à ne rien
savoir, tandis que toi tu seras un docteur. —
Il ne tient qu'à toi de le devenir à ton tour :
achète un alphabet sur tes semaines, et viens
avec moi chez notre prisonnière... Je puis bien
la nommer de la sorte, puisqu'elle a promis de
ne pas reparaître dans le monde que nous ne
sachions lire. — Ainsi donc, s'écrie Frédéric
avec une expression remarquable, c'est moi
seul qui prolongerais sa captivité!... Oh! non,
non, j'en serais trop honteux, trop repentant...
c'est fini, je suis vaincu : dès ce soir je t'accompagne, et nous verrons qui de nous deux fera le
plus de progrès pour faire cesser la réclusion de
notre chère institutrice. »

Je ne dépeindrai pas quels furent le triomphe
et la joie de madame Darmincourt, en voyant
Frédéric accompagner son frère. Rien n'était à
la fois plus curieux et plus intéressant que ces
deux enfants disputant entre eux de zèle et d'intelligence pour vaincre les fastidieux éléments
de la lecture. Mais au lieu de deux leçons par

jour, ils en prirent jusqu'à six, et furent bientôt
en état d'épeler. Oh! combien l'intérêt qu'ils
éprouvaient leur donnait de force et de courage
pour surmonter les difficultés qu'ils avaient à
vaincre; mais aussi quelle jouissance éprouvait
leur tendre mère, en les voyant quitter leurs
jeux accoutumés, abréger même leurs promenades, pour revenir, haletants de joie, auprès
de la prisonnière, qui trouvait alors sa captivité
délicieuse et la plus ravissante époque de sa vie!
Chaque matin les deux frères renouvelaient les
fleurs les plus rares contenues dans un vase
placé sur la table où ils recevaient leur leçon;
et tandis que l'heureuse mère, un bras posé sur
les épaules d'Arthur, lui faisait lire *le Petit
Poucet* ou *Cendrillon*, Frédéric, debout auprès
d'eux, s'habituait à parcourir *la Petite Glaneuse*
ou *le Petit Joueur de violon*. Avec quelle ivresse
l'excellente mère donnait alors sa leçon! Avec
quelle ardeur s'appliquaient les deux charmants
enfants!

Au bout de trois mois, les deux frères, non-
seulement lisaient couramment, mais possé-
daient les premières notions de ce qui compose
une instruction véritable.

A cette époque, le colonel Darmincourt revint
de son régiment, et retrouva sa femme dans la
même solitude où elle avait promis de rester
jusqu'à ce que ces deux fils fussent en état de

lire à livre ouvert. Elle convoqua donc, dès le lendemain de l'arrivée de son mari, un grand nombre de leurs amis, propres à former un comité d'examen, et fit paraître devant eux ses deux élèves, dont les manières avaient déjà, quelque chose de plus posé, et dont le langage offrait des expressions mieux choisies, Frédéric parut le premier dans la lice : on lui présente un grand in-8º qu'il ouvre au hasard et dans lequel il lit, sans se tromper, deux pages du *Télémaque* de Fénelon; il est couvert d'applaudissements.

Arthur ensuite s'avance; il lit avec non moins d'assurance que son frère, et surtout avec une expression ravissante, le joli conte de madame d'Aulnoy, intitulé *Gracieuse et Percinet*, pris au hasard dans son charmant recueil, et qui prouve le pouvoir et le charme que possède une tendre mère pour instruire ses enfants tout en les amusant. Cet heureux à-propos fait redoubler l'assemblée d'applaudissements, qui vont droit au cœur de madame Darmincourt. Elle prie alors les examinateurs de ne pas se borner à la simple lecture, et de faire à ses chers élèves des questions préliminaires sur la Bible et l'histoire de France. Ils y répondent avec une lucidité qui annonce une heureuse mémoire et une rare intelligence. Enfin il est reconnu par l'aréopage que Frédéric et Arthur ont, en

quelque sorte, réparé le temps perdu, et que
bientôt ils seront en état d'entrer au lycée. Le
colonel ne peut contenir toute sa joie, et pressant
dans ses bras sa femme et ses enfants,
il avoue qu'il ne fut jamais plus heureux d'être
époux et père.

La vieille madame Darmincourt, reconnais-
sant alors toute la force d'âme et la noble persévérance de sa bru, ne peut s'empêcher de lui
adresser les plus honorables félicitations. Chacun, en un mot, reconnaît de quelle énergie,
de quelle admirable patience est capable une
tendre mère pour assurer le bonheur de ses
enfants : et celle qui en offrait la preuve, profitant de cette importante circonstance pour donner
aux grands parents un avis salutaire, dit à ses
deux fils qu'elle pressait sur son sein, en jetant
un regard expressif sur leur vénérable aïeule :
« Ceux qui nous caressent le plus ne sont pas
toujours ceux qui nous aiment le mieux... J'espère que vous n'oublierez jamais la leçon ma-
ternelle. »

LA JEUNESSE DE RAPHAEL.

Vous, jeunes gens, que vos goûts et les inspirations de l'âme destinent dès l'enfance à la culture des arts, écoutez le récit historique d'un trait de l'adolescence du plus grand peintre qu'ait produit l'Italie; et vous aurez, je n'en doute pas, cette heureuse conviction que plus les obstacles semblent se multiplier à l'entrée d'une illustre carrière, plus il faut redoubler de courage et de résignation pour les surmonter, et suivre l'impulsion naturelle qu'on a reçue des cieux.

Raphaël Sanzio, né à Urbin, dans les États du Saint-Siége, vers la fin du xv° siècle, était le fils d'un peintre obscur qui consacrait principalement ses pinceaux à décorer la faïence, et qui voulut que son enfant n'eut pas d'autre profession que la sienne. Tout petit, il fut donc habitué, par son père, à peindre sur des vases de toute espèce et de toutes grandeurs, des fleurs, des oiseaux, des animaux et, par suite, des figures de différentes expressions. L'enfant montrait dans ses premiers essais une intelligence précoce, une grande flexibilité de couleur

et surtout une correction de dessein qui ann jn-
çaient de rares dispositions. C'était à qui, des
manufacturiers de la ville et du duché d'Urbin,
emploierait le vieux Sanzio à orner les nombreux
objets qu'ils débitaient dans une grande partie
de l'Italie. Le peintre sur faïence en un mot,
acquit une espèce de célébrité, tout en se créant
une honnête existence. Toutefois il préférait la
quantité du débit de ses ouvrages à leur qualité ; et lorsque le petit Raphaël, entraîné par le
véritable génie qui l'inspirait déjà sans qu'il
s'en doutât, donnait aux divers sujets qu'il était
chargé de représenter une perfection dont on
ne tenait pas compte à son père dans les manu-
factures, il subissait de celui-ci les reproches
les plus sévères.

Mais le ressort tout neuf que l'on comprime
ne se detend qu'avec plus de violence. Tel est
l'essor du génie naissant. Raphaël, alors âgé
de douze ans, sentait en lui se développer un
élan de pensée, un remuement de cœur qu'il
cachait à son père, et dont ce dernier ne soup·
çonnait pas l'irrésistible puissance. N'ayant dans
toute la journée que deux heures de repos, le
pauvre enfant ne pouvait se livrer au dévelop·
pement de ses facultés naissantes que le matin,
dès l'aube du jour, tandis que son père som-
meillait encore. Seul alors dans une espèce de
grenier en mansarde qu'il habitait, il attendait

avec impatience les premiers rayons de l'aurore,
pour se livrer aux inspirations qu'il éprouvait.
Mais sur quoi pouvait-il exercer ses pinceaux?
Aucun cadre, aucune toile n'était à sa disposi-
tion; ce n'était que sur les murs de sa chambre
que le pauvre enfant pouvait tracer au crayon
noir quelques esquisses, improviser quelques
sujets qu'il lui fallait effacer aussitôt, de peur
d'être surpris par son père, qui l'eût puni de
perdre ainsi son temps à ce qu'il appelait des
niaiseries.

Cependant cet invincible besoin de produire,
cette voix secrète qui répète sans cesse:
« Élance-toi! la gloire t'attend! » en un mot,
cet instinct créateur qui poursuit, enflamme,
transporte, tout se réunissait pour exalter
l'imagination du jeune Raphaël. La Providence,
qui tôt ou tard vient au secours des âmes
dignes de la comprendre, voulut que le vieux
Sanzio fût atteint d'un accès de goutte qui
l'obligeait à garder le lit. Raphaël alors devint
plus libre de se livrer à ses inspirations; et,
dans les entrevues qu'il eut avec plusieurs
manufacturiers, il se fit connaître comme l'auteur des nouvelles peintures que leur avait
livrées son père, et qui, chaque jour, avaient
tant de débit dans leurs magasins.

Un jour, il fut conduit dans un atelier de
porcelaines, et fit, sans qu'on s'en aperçût, une

étude profitable des moyens qu'on employait pour y peindre les divers objets qui en faisaient l'ornement. Peu de temps après, il rapporta au manufacturier qui lui avait confié un vase de porcelaine, l'image frappante d'une vierge très-honorée et très en vogue dans la cathédrale d'Urbin. La figure de la reine des anges était d'une expression ravissante et toute céleste. Raphaël reçut pour prix de cet essai une somme assez forte qu'il s'empressa de remettre à son père, à peine convalescent de la forte secousse qu'il avait éprouvée. Sanzio, qui tenait avant tout à l'argent, permit alors à son fils de se livrer à la peinture sur porcelaine, se réservant à lui la faïence, qui seule convenait à ses habitudes.

Voilà donc notre gentil Raphaël, à peine adolescent, livré sans contrainte à toute la fougue de ses inspirations.

D'abord il peignit des fleurs de toute espèce, les fruits les plus beaux, les oiseaux du plus riche plumage, et se hasarda plusieurs fois à représenter des figures, des personnages historiques, avec un succès qui passa ses espérances, et lui valut une somme assez forte qu'il eut encore la jouissance de remettre à son vieux père, convaincu, malgré lui, que son enfant pourrait avoir un jour quelque talent.

Une heureuse circonstance vint encore pro-

curer au jeune artiste l'avantage de se faire
connaître et de commencer sa célébrité. Le duc
d'Urbin, dont le faste égalait l'opulence, était
proche parent du pape Alexandre VI. Il conçut
le projet de lui offrir un service en porcelaine,
dont les douze principales pièces représente-
raient la vie de la très-sainte Vierge, depuis sa
naissance jusqu'à son assomption. Le direc-
teur de la manufacture, qui connaissait les diverses peintures du jeune Raphaël, lui confia
cette importante entreprise.

Surpris, enthousiasmé du choix qu'on avait
fait de lui, notre adolescent se livra plus que
jamais à ses heureuses inspirations, et chercha les
modèles dont il avait besoin pour remplir l'honorable mission dont il était chargé. Puis il
revenait dans son humble atelier remettre sur
la porcelaine ce qu'il avait saisi d'après nature.

Le duc d'Urbin, après s'être assuré par lui-
même que le jeune artiste remplirait ses inten-
tions, lui avait donné les plus honorables encou-
ragements... Mais quand il fallut peindre la
Vierge au moment de l'Annonciation, Raphaël
ne trouva plus de modèle digne de l'inspirer.
C'est en vain qu'il esquissait des figures d'une
correction idéale, d'une expression céleste; il ne
découvrait point encore le chef-d'œuvre divin
qu'avait rêvé son imagination. Il effaçait à
mesure qu'il composait : il parcourait ensuite

tous les tableaux, toutes les statues qui repré-
sentaient la Vierge, dans les principales églises
de la ville et de ses environs.

Enfin, au bout de quelques mois, les douze
portraits de la Vierge furent terminés, et bientôt envoyés au souverain Pontife. Celui-ci
demanda le nom de l'artiste dont les pinceaux
avaient retracé sous des traits si divins la reine
des anges, et que son talent devait classer
bientôt parmi les peintres les plus renommés de
l'Italie. Le duc d'Urbin s'empresse de nommer
Raphaël; et, peu de temps après, celui-ci reçut
un ordre d'Alexandre VI de se rendre auprès de
lui.

Le vieux Sanzio venait de mourir, et son fils,
encore jeune, se trouvait orphelin, sans appui
que ses pinceaux et la protection du duc d'Urbin,
qui lui remit une recommandation particulière
pour le pape, dont il reçut l'accueil le plus en-
courageant. Alexandre avait fait voir les portraits
de la Vierge sur porcelaine aux peintres les plus
célèbres qui décoraient alors le Vatican de leurs
admirables productions; et le Pérugin offrit
d'admettre le jeune Sanzio au nombre de ses
élèves. Raphaël ne tarda pas à s'y faire distinguer : introduit dans la chapelle que peignait à
cette époque Michel-Ange, il devint bientôt
l'égal du Pérugin.

Raphaël, à cette époque, comptait à peine

dix-huit ans. Il avait déjà parcouru la majeure
partie de l'Italie et s'était arrêté principalement
à Florence, où il ne pouvait se lasser d'étudier
les admirables cartons de Léonard de Vinci, et
se pénétrait de la belle méthode de ce grand
maître. Il enrichit son imagination dévorante
du choix heureux dans les compositions, de la
correction dans le dessein, de la grâce et de la
noblesse dans les figures, et surtout du naturel
et de l'expression dans les attitudes. Il devint,
en un mot, un peintre du premier ordre.

Jules II venait de succéder au pape Alexandre.
Bramate, célèbre architecte, lui désigna Raphaël
comme l'artiste le plus digne d'embellir le
Vatican de ses riches productions. Le pape le fit
introduire auprès de lui, et frappé de cette
figure expressive, ravissante, de ce regard d'où
le génie s'élançait en traits de flamme, il lui
demanda son premier grand tableau, dont il
laissait le sujet à son choix. Raphaël, qui faisait
alors une étude particulière des personnages
les plus célèbres de l'antiquité, conçut le vaste
projet de peindre à fresque l'*École d'Athènes*,
grande et majestueuse composition qui représente à la fois, sous les traits que nous retrace
l'histoire, Platon, Aristote, Socrate, Pythagore,
Diogène, Archimède et Zoroastre. Ce chef-
d'œuvre, d'une conception si hardie et d'une
exécution si parfaite, acheva de le placer au

premier rang de l'école romaine, et le fit sur-
nommer l'Homère de la peinture.

A partir de cette époque, Raphaël remplit
l'Europe entière de sa renommée. Ce fut à qui
des souverains enrichirait son palais de ses
immortels ouvrages. François 1er voulut l'attirer
en France, en lui faisant remettre une somme
considérable pour un *saint Michel* qu'il lui avait
demandé ; mais l'artiste voulut prouver qu'il était
aussi généreux qu'un monarque ; il fit hommage
à celui-ci de la *sainte Famille*, qu'il composa
pour lui, et dont la valeur était inappréciable.

Le roi de France, grand protecteur des arts,
força l'auteur de ce chef-d'œuvre d'accepter un
présent digne à la fois de la main qui l'offrait et
de celle qui l'acceptait. Il fit à Raphaël de nouvelles instances pour venir s'établir au Louvre,
où le plus bel atelier lui serait préparé. Mais
le pape Léon X venait de charger son peintre
chéri de diriger la construction de la basilique
de Saint-Pierre, et le retint à Rome en lui
accordant une pension qui le mit à même de
tenir le rang qui lui appartenait.

Raphaël ne voulut pas toutefois rester le débiteur du roi de France, et commença pour lui
la *Transfiguration* de Jésus-Christ sur le mont
Thabor, admirable et sublime production, re-
gardée comme le chef-d'œuvre de la peinture.
Mais les forces de son immortel auteur s'affai-

blissaient chaque jour, et ce chef-d'œuvre fut
le chant du cygne. Raphaël, à peine âgé de
trente-six ans dévoré par l'amour de son art et
l'excès du travail, n'avait plus qu'à retoucher
la *Transfiguration,* lorsqu'il fut atteint d'un
épuisement total qui le conduisit au tombeau.
Il expira dans les bras de Léon X, les regards
attachés sur son dernier tableau, qu'il avait fait
exposer au pied de son lit, et regrettant de n'avoir
plus assez de force pour y porter la dernière main.

Sa mort fut un deuil général pour Rome et les
États du pape. Les honneurs funèbres qui lui
furent rendus égalèrent ceux qu'on n'accorde
qu'aux têtes couronnées : il laissa des amis qui
le pleurèrent, des admirateurs partout où l'on
cultive les beaux arts.

O vous, jeunes artistes, pour qui j'ai tracé
cette faible esquisse; adolescents, qui tenez
d'une main timide, incertaine, vos premiers
pinceaux, armez-vous de courage et de persé-
rérance! Rappelez-vous que l'auteur de l'*École
d'Athènes*, de la *sainte Famille* et de la *Transfiguration* fut un petit barbouilleur sur faïence,
réduit à faire au crayon ses premières études sur
les murs de l'humble réduit qu'il habitait, s'é-
lançant de son propre mouvement et par sa
seule volonté vers la perfection de l'art..... Et
n'oubliez jamais cette vérité proclamée par un
homme sévère et prouvée par l'expérience :

« Une haute renommée est presque toujours en proportion des obstacles qu'il faut vaincre pour y parvenir. »

LES TROIS ÉTAGES.

Le fond du récit que je vais faire est historique : cette anecdote intéressante a eu lieu dans mon voisinage, et je m'en suis emparé pour la joindre à ces traits populaires, attachants, que je vais ramassant sur la scène du monde, comme le botaniste qu'on voit errer dans les vallons, sur les montagnes, cueillant les plantes salutaires propres à calmer, à prévenir tous les maux de l'humanité.

Estelle Aubert était l'unique enfant d'un ouvrier imprimeur qu'un travail forcé, opiniâtre, avait réduit à vivre dans un fauteuil, privé de l'usage de ses jambes et de ses mains : position cruelle pour un homme de cœur qui se voyait à la charge de sa femme et de sa fille ! Celles-ci n'avaient pour toute ressource que leur modique profession de blanchisseuses en linge fin, à laquelle, depuis quelques mois seulement, Estelle avait ajouté celle de raccommodeuse de blondes et de dentelles, afin d'augmenter le gain de la journée.

Cette honnête et pauvre famille habitait deux

6

chambres en mansarde, ou plutôt une partie
d'un sixième étage, rue Chabanais, en face
d'un hôtel dont le premier était occupé par un
spéculateur en terrains devenu grand capitaliste;
le second par le vicomte de Saluces, écuyer
cavalcadour; et le troisième par un commissaire-priseur.

Chacun de ces divers habitants de l'hôtel
avait une fille : celle du riche capitaliste Saint-
Omer, nommée Léonie, était d'une figure ouverte
et de la plus joyeuse humeur, mais distraite,
étourdie, insouciante; son institutrice, femme
d'un mérite distingué, ne pouvait parvenir à
mettre dans la tête de son élève deux idées de
suite, à graver dans sa mémoire les moindres
notions de grammaire, d'histoire et de géographie. C'était, en un mot, une folle, gâtée par ses
parents, qui s'imaginaient que leur fille unique
aurait bien assez de l'opulence pour briller dans
le monde.

La fille du vicomte de Saluces offrait un
contraste frappant avec celle du capitaliste.
Clorinde était froide et réservée : son regard
imposant, ses lèvres dédaigneuses exprimaient
la fierté. Sa gouvernante la maintenait dans
cette haute idée de naissance, dans cette
roideur gourmée de caste nobiliaire, et lui faisait mesurer, à chaque instant, l'énorme diffé-
rence qui existait entre elle et la fille d'un de ces

nouveaux enrichis qui s'imaginent pouvoir
marcher de paire avec les grands seigneurs.

Quant à la jeune Emma, fille de monsieur
Dumont, commissaire-priseur, elle n'avait ni
la morgue de Clorinde, ni la folle insouciance
de Léonie. Placée dans cette moyenne région
de la société où l'on ne connaît ni l'ennui du
rang et de l'étiquette, ni les besoins de l'indigence ; où l'on est, comme nous le dit un ancien
sage, à l'abri des coups de soleil qui frappe la
cime des grands arbres et des inondations qui
noient les petites herbes rampant sur la terre,
Emma, élevée par sa mère, excellente femme,
occupée à maintenir dans sa maison l'ordre et
l'aisance, à faire le bonheur de tout ce qui
l'entourait, Emma, habituée dès son enfance
à vaquer aux soins domestiques, bonne par
instinct, instruite sans prétention, charmante
enfin, sans presque s'en douter... Emma n'était
qu'une simple bourgeoise.

Estelle Aubert était souvent en relation avec
ses trois jeunes voisines, dont sa mère était la
blanchisseuse de fin. Sa réputation d'honnête
petite fille, ses tendres soins pour son père
infirme, et le renom d'habile ouvrière qu'elle
s'était acquis dans tout le quartier, lui donnaient déjà, pour ainsi dire, une espèce de
vogue. Il ne se passait point de semaine qu'elle
ne fût appelée tantôt chez le riche capitaliste

Saint-Omer, pour raccommoder un voile de dentelle ; tantôt chez le vicomte de Saluces, pour réparer un accroc fait à ses manchettes de malines brodées, ou bien une déchirure, que la vicomtesse avait faite à ses barbes en point de Bruxelles ; tantôt enfin chez le commissaire-priseur, pour reblanchir et mettre à neuf les collerettes en tulle de madame Dumont, ou bien les pèlerines en simple jaconas qui composaient la parure ordinaire de sa fille.

Mais l'accueil que recevait Estelle Aubert aux divers étages de l'hôtel variait suivant la condition des familles qui l'occupaient. Au premier, son ouvrage était toujours bien reçu, apprécié à sa juste valeur ; et chaque fois elle en recevait le prix, en proportion des soins et du travail qu'il avait exigés. Léonie l'appelait ordinairement ma bonne Estelle, et ne prenait avec elle aucun ton de hauteur ni d'arrogance.

Il n'en était pas de même au second étage : la vicomtesse de Saluces, fière et dédaigneuse, ne paraissait jamais satisfaite de ce qu'avait fait la jeune ouvrière, qu'elle nommait tantôt *ma petite*, tantôt *mon cœur*, avec ce sourire insolent qui semble mesurer les distances. Clorinde, se montrait encore plus difficile, plus exigeante que sa mère. Elle faisait souvent recommencer à la timide, à la complaisante Estelle le travail qu'elle avait fait ; et plus d'une fois la pauvre petite se retira sans avoir reçu son salaire.

Quant au troisième étage, elle s'y présentait comme dans sa propre famille. Monsieur et madame Dumont la comblaient de caresses, de félicitations sur sa conduite. Emma surtout, la bonne Emma ne pouvait se lasser d'admirer la perfection du travail de sa jeune voisine : elle lui serrait les mains et l'eût volontiers embrassée, si la jeune blanchisseuse elle-même ne se fût tenue par modestie à la distance qu'elle croyait exister entre elles.

Bientôt E. telle se fit une réputation parmi les dames les plus élégantes du quartier : c'était à qui vanterait son talent, son exactitude ; c'était à qui lui confierait ses chiffons les plus précieux ; enfin mademoiselle Aubert, car c'est ainsi qu'alors on la nommait, ne pouvant plus suffire avec sa mère à tout l'ouvrage qu'on leur confiait, fut contrainte de prendre plusieurs ouvrières, de faire des apprenties dans son état, et pour cela il lui fallut quitter ses deux chambres en mansarde où il faisait si froid l'hiver et si chaud l'été. Elle loua donc un joli petit appartement au troisième étage de la maison où elle demeurait, dont une pièce donnait au couchant sur la rue, et qu'habita son vieux père infirme, qu'elle roulait elle-même dans un grand fauteuil vers la croisée, pour lui faire respirer le grand air, et le réchauffer aux rayons du soleil.

Placée alors en face des appartements qu'oc-

cupaient ses trois voisines, Estelle les suivait
assez souvent dans leurs occupations journa-
lières. Tantôt elle remarquait Léonie se pâmant
de rire en faisant faire mille tours, mille gam-
bades au singe chéri de sa mère, attaché par
une longue chaîne à l'un des balcons du premier ; tantôt elle apercevait Clorinde faisant de
la tapisserie auprès de la vicomtesse, qui s'était
endormie au milieu d'une lecture édifiante ; tantôt enfin elle recevait un salut gracieux, un aimable sourire d'Emma, qui vaquait aux soins
du ménage. Bientôt son jeune frère Léon venait la rejoindre à la croisée, et, remarquant
les tendres soins dont Estelle s'empressait d'en-
tourer son vieux père, il la saluait à son tour
avec une vive émotion, et restait les regards attachés sur elle jusqu'à ce qu'elle se fût retirée au
fond de son habitation pour reprendre son travail, et diriger celui de ses ouvrières.

L'hiver bientôt succéda aux beaux jours; il
donna de nouveau à la jeune ouvrière en dentelles une juste idée de l'orgueil des rangs et
des prérogatives de la naissance : ce qui l'affer-
mit dans la résolution qu'elle avait prise de n'a-
voir avec les gens titrés et les opulents du jour
que les communications nécessaires à son état,
ou bien aux besoins qu'on pouvait avoir d'elle.
L'époque du carnaval approchait, et chaque
classe de la population se livrait aux plaisirs

que procurent les réunions de danse et de musique.

Il y eut un grand bal chez le capitaliste Saint-Omer. Le ban et l'arrière-ban de la Chaussée-d'Antin avaient été invités : les préparatifs les plus splendides étaient dirigés par un habile tapissier; le glacier le plus en vogue avait été mis en réquisition, en un mot rien n'avait été épargné pour étaler tout le luxe, toute la somptuosité de l'opulence. Estelle, qui, dès le matin de ce grand jour, avait reporté à madame Saint-Omer une garniture de robe en point d'Angleterre, s'enhardit jusqu'à demander à la femme de charge la permission de se mêler, le soir, parmi les gens de l'hôtel, pour voir défiler dans l'antichambre les toilettes riches, élégantes, et de prendre une juste idée des modes du jour. Un valet de chambre annonçait à haute voix toutes les personnes qui se présentaient.

Dès le lendemain, Estelle Aubert ne manqua pas d'aller donner à la famille Dumont, qu'on n'avait point invitée, les détails de cette fête magnifique, et de lui nommer les dames qui avaient étalé les plus beaux diamants, les plus riches parures. Mais sa surprise fut grande lorsqu'elle apprit de l'honnête monsieur Dumont, qu'en sa qualité de commissaire-priseur il avait fait la vente des meubles d'une de ces dames les plus brillantes, pour apaiser les

créanciers de son mari, qui le poursuivaient
comme banqueroutier frauduleux.

Peu de jours après, la famille Dumont reçut
à son tour ses parents, ses amis, ses affidés. Il
n'y eut à cette réunion ni le luxe éblouissant de
l'opulence, ni la tenue imposante des gens de
cour : c'était le rassemblement joyeux des bons
bourgeois du quartier; on n'y rencontrait que
des cœurs épanouis de joie et de franche amitié.
On s'accostait sans cérémonie; on se prenait le
bras avec confiance, on se dégantait pour se
serrer la main; c'était, en un mot, la fête des
bonnes gens : aussi monsieur Dumont se pro-
menait-il avec ivresse dans son salon proprement décoré, et ne cessait-il de répéter, au
milieu des danses qui se formaient et des jolis
groupes dont il était entouré, que le moyen le
plus sûr d'être heureux, c'est de l'être du bonheur des autres.

Estelle avait été invitée à cette modeste
réunion par le commissaire-priseur lui-même.
Il lui dit, avec cet accent d'un homme de bien
qui sait distinguer et apprécier le vrai mérite :
« Personne assurément ne pourrait mieux
embellir notre petite fête, que celle dont le
travail soutient ses parents, adoucit les souffrances de son père infirme, celle enfin qui s'est
acquis la considération de tout le voisinage. —
Il nous tardait, ajoute madame Dumont,

vous donner cette preuve publique de nôtre attachement et de notre profonde estime. »

Oh ! que ces paroles pénétrèrent avant dans le cœur de la jeune ouvrière ! Qu'il est flatteur, le premier hommage que l'on reçoit et dont on s'avoue être digne ! Estelle fut si vivement saisie de joie, quelle ne put proférer la moindre parole : un serrement de main, qu'elle reçut en ce moment d'Emma, lui prouva qu'elle s'unissait à l'invitation de ses parents. Elle fut accueillie avec tous les égards que l'on doit à la fille de bien, traitée par toutes les jeunes personnes comme une égale, comme une amie : chacun lui adressa les hommages les plus flatteurs, et lui prouva que la véritable vertu ne connaît ni les rangs ni les distances.

Trois ans s'écoulèrent : mademoiselle Aubert, devenue chef d'un atelier considérable, avait fait des gains légitimes fort au-delà de ses espérances. Elle avait augmenté son petit mobilier, orné l'intérieur de son modeste appartement. Sa mère, d'une faible santé, ne faisait plus le gros du ménage ; il était confié à la veuve d'un soldat invalide ; le vieux fauteuil en bois du père Aubert était remplacé par une dormeuse en velours d'Utrecht : il ne paraissait plus à la croisée de sa chambre qu'en bonne redingote d'espagnolette grise et en casquette de drap bleu. Estelle elle-même, sans rien chan-

ger à son habillement ordinaire, porta de
étoffes un peu plus recherchées, couvrit se
épaules d'un ample châle de mérinos, hasarda
même la petite montre en or, pour être à
l'heure précise chez ses pratiques ; mais elle la
cachait avec soin sous sa collerette; elle ne
craignait rien tant que de se faire remarquer, et
se serait imposé les plus grandes privations
plutôt que d'exciter l'envie.

La première moitié de l'année 1830 venait de
s'écouler : chérie, honorée de ses ouvrières et
de ses apprenties, récompensée de ses tendres
soins pour ses parents par le bonheur dont ils
jouissaient auprès d'elle, notre jeune ouvrière
comparait souvent sa position sociale avec celle
de ses trois voisines qu'elle étudiait sans cesse,
et se trouvait tout aussi heureusement placée
dans le monde, puisqu'elle y était utile,
estimée... lorsque tout-à-coup l'orage le plus
terrible s'éleva dans la capitale, et retentit dans
la France entière. Le pacte social fut brisé,
Paris fut en proie au choc des partis et de toute
les passions qui fermentent en pareil cas.

Dans ce bouleversement général, on vit le
plus hauts rangs anéantis, les plus belles posi
tions sociales renversées et détruites. Le vicomte
de Saluces fut dépouillé de ses pensions, de ses
prérogatives : il suivit dans leur exil ses anciens
maîtres, laissant sa femme et sa fille dans une

gêne qui les contreignit de vendre leurs bijoux, leur mobilier; et bientôt, ne pouvant plus subvenir à leurs besoins, elles se retirèrent chez une vieille parente égoïste, qui habitait le faubourg Saint-Germain.

La grande secousse politique se fit sentir dans le cours des effets publics : elle causa la ruine d'un grand nombre de gens de finance, et principalement de ceux qui avaient spéculé sur les terrains et les établissements publics. Saint-Omer fut de ce nombre : après avoir vainement épuisé toutes ses ressources, tous les moyens d'échapper au désastre, il mourut dans la misère.

La malheureuse madame Saint-Omer se réfugia dans un hôtel garni. Elle eut la douleur d'apprendre que tout ce qui composait le mobilier serait vendu, sans qu'elle pût faire la moindre réclamation, parce qu'elle avait été en communauté de biens avec son mari. Elle ne sut, ainsi que sa fille, quelle ressource employer pour subvenir aux premiers besoins de la vie. Elles essayèrent en vain de recourir à la commisération de plusieurs grands capitalistes qui avaient eu de fréquentes communications avec le malheureux Saint-Omer; elles en furent accueillies avec indifférence, éconduites avec adresse. Elles éprouvèrent alors que la plus grande souffrance des infortunés, c'est d'implorer les opulents.

Toutes le deux abattues par la douleur, en proie au dénûment le plus absolu, se voyaient réduites à implorer l'assistance d'un bureau de charité, lorsque Léonie, se rappelant avec quel zèle et quelle ivresse la jeune ouvrière en den - telles soutenait par son travail ses honnêtes parents, sentit se ranimer son courage et résolut d'aller un matin, rue Chabanais, confier à Estelle Aubert le désir qu'elle éprouvait et l'espoir qu'elle avait conçu de procurer à sa mère, sinon l'aisance, du moins le pain de la journée et un abri contre la misère. Elle reçut de son ancienne voisine l'accueil le plus touchant. « Venez, lui dit Estelle en la pressant dans ses bras, avec madame votre mère : je vous occuperai toutes les deux dans mon atelier; et s'il vous répugne de vous mêler parmi mes ouvrières, je vous fournirai de l'ouvrage dans votre appartement. Les deux chambres en mansarde que j'habitais sont à louer en ce moment; venez vous y établir. Je vous avancerai les trois mois de loyer et vous prêterai une partie de mes meubles. Ma bonne veuve fera votre ménage; enfin nous partagerons tout ce que je possède. Venez, mademoiselle Léonie, vous qui me reçutes toujours avec tant de bonté lorsque vous étiez dans l'opulence, vous qui jamais ne m'avez fait éprouver la moindre humiliation. Vous ne dédaignâtes point votre blanchisseuse;

il est bien juste qu'elle ait son tour, et je vous remercie d'avoir compté sur Estelle Aubert. — Ah ! dites mon amie, s'écria mademoiselle Saint-Omer, hélas ! vous êtes la seule que je retrouve dans notre cruel désastre, et je vous avais bien jugée. »

Dès le lendemain, la mère et la fille, leur petit bagage sous le bras, vinrent s'établir à deux étages au-dessus de celui qu'occupait Estelle, qui, d'avance, avait garni les deux mansardes des objets les plus nécessaires. Madame Saint-Omer occupa celle donnant sur la cour, afin de n'avoir pas sans cesse devant les yeux les croisées du somptueux apparte-ment qu'elle occupait en face, et dont justement on vendait le mobilier. Léonie ne pouvait s'em-pêcher de laisser tomber de sa lucarne des regards attendris sur cette belle habitation, où elle avait passé des jours si heureux ; où, bercée par les prestiges de l'opulence, elle était loin de croire qu'elle irait un jour se réfugier dans l'humble réduit de la pauvre ouvrière... Oh ! que de réflexions elle faisait alors sur les caprices du sort, et combien elle s'applaudissait de n'avoir jamais humilié ses inférieurs ! Léonie ne rougit point de s'établir dans l'atelier de mademoiselle Aubert, où elle ne tarda pas à prendre rang parmi les plus habiles apprenties.

Sa mère, atteinte de quelques infirmités,

i

causées par le chagrin, travaillait dans sa chambre, et secondait sa fille à se procurer les objets nécessaires à leur existence. Ce qu'elles avaient le plus à cœur, c'était de pouvoir remettre à l'obligeante Estelle les différents meubles dont elle s'était privée, se réduisant elle-même à coucher sur un lit de sangle pour offrir à madame Saint-Omer une retraite qui lui fût plus commode et l'humiliât moins dans son malheur. Déjà la mère et la fille, par leurs travaux et leurs veilles, se disposaient à traiter avec un tapissier du voisinage, pour avoir l'ameublement le plus modique, mais indispensable à leurs besoins, lorsqu'un événement étrange vint tirer madame et mademoiselle Saint-Omer de la position pénible où elles se trouvaient.

Un jour qu'elles étaient allées à l'office divin, et que, selon leur usage, elles avaient remis la clef de leurs chambres au portier de la maison, elles éprouvèrent en rentrant une surprise mêlée d'une émotion bien naturelle, en voyant une partie des meubles qui garnissaient leurs appartements respectifs dans l'hôtel qu'elles avaient habité. Madame Saint-Omer reconnut son lit d'acajou, orné d'une draperie de pékin bleu de ciel, avec son somno, sa longue bergère en maroquin vert et son grand chiffonnier. Elle s'empresse de l'ouvrir, et le trouve rempli d'une partie de son linge de corps et de ses vê-

tements. Léonie s'élance dans sa mansarde, et
reconnaît son lit de demoiselle, surmonté d'une
flèche dorée portant des rideaux de mousseline,
plusieurs petits meubles à son usage, sa cau-
seuse de drap bleu lapis, son piano, tous ses
recueils de musique, et, au-dessus, un grand
cadre couvert d'une toile verte. Elle l'enlève
avec empressement et retrouve le portrait de
son père, au bas duquel on avait écrit ces mots:
« Courage, ma fille! celle qui nourrit sa mère
du travail de ses mains, tient toujours un rang
honorable dans la société. » Le cri perçant que
jette Léonie à l'aspect de cette âme si chère, de
cette touchante inscription, attire madame
Saint-Omer, qui, saisie elle-même de surprise,
et pressant sa fille sur son sein, avoue qu'on
n'a pas tout perdu lorsqu'on est encore mère,
et que les trésors les plus vrais, les plus impé-
rissables, ce sont ceux de l'âme.

Léonie descend aussitôt chez Estelle Aubert,
et lui raconte cette aventure, dont celle-ci la
félicite avec l'élan de la tendre amitié. Leurs
soupçons alors se portent sur telle ou telle personne opulente et capable d'un aussi beau trait
de générosité. Pour mieux parvenir à la découvrir, elles descendent toutes les deux chez le
portier, lui font mille questions sur les porteurs
de ces différents meubles. Il leur répond que
c'est monsieur Jamart, le tapissier de ces

dames, qui, lui-même, a mis tout en place. « Il est venu, de là, remonter chez moi le lit que j'avais eu le bonheur de prêter à madame votre mère, dit Estelle ; allons l'interroger ! » Elles se rendent sur-le-champ auprès de ce digne homme, qui demeurait au bout de la rue, et le sollicitent de leur faire connaître la main bienfaisante habituée sans doute à consoler, à secourir l'honorable indigence. Celui-ci avoue qu'en effet il a été chargé d'acheter, à la vente qu'on venait de faire, les divers objets qu'il a remis chez ces dames ; mais qu'il ne peut nommer la personne qui l'a chargé de cette commission, parce qu'elle a exigé sa promesse de ne jamais prononcer son nom.

Plusieurs mois s'écoulèrent : Léonie avait fait de rapides progrès dans l'état de raccommodeuse de dentelles, et, devenue par son adresse et son zèle la première ouvrière de l'atelier de mademoiselle Aubert, elle gagnait amplement de quoi subvenir à la dépense de son modeste ménage. Mais si elle reçut d'Estelle des preuves d'une franche cordialité, l'occasion se présenta de lui prouver toute sa gratitude. Le vieux père Aubert, accablé d'infirmités, fut enlevé presque subitement à sa famille chérie ; et peu de temps après, sa femme le suivit au tombeau. Cette double perte frappa si vivement le cœur d'Estelle, qu'il fallut tous les soins, toutes les consola-

tions dont Léonie était capable, pour empêcher
son intime amie de succomber à sa douleur.
Et elle ne reçut pas moins de condoléance de
la famille Dumont. Emma passa plusieurs jour-
nées de suite auprès de sa chère voisine

Celle-ci, toutefois, se trouvant orpheline, à
peine âgée de vingt ans, voulut se donner une
égide. Elle pria donc madame Saint-Omer de
lui servir de mère, lui proposa de venir avec sa
fille habiter auprès d'elle, et de confondre ensemble leurs travaux et leurs profits C.ette propo-
sition fut acceptée avec transport. Léonie éprouvait une secrète jouissance à faire descendre sa
mère de sa mansarde, à l'établir au troisième
étage, où elle pourrait, avec les meubles qu'elle
tenait d'une main généreuse et toujours inconnue, retrouver quelques illusions de son
ancienne position dans le monde. L'orgueil
ressemble à l'espérance : il naît en nous, il y
meurt le dernier.

Cette association fut approuvée de tout le
voisinage ; on reconnut là toute la pureté de
mœurs qu'avait observée mademoiselle Aubert.
Elle initia tout-à-fait Léonie aux détails de sa
profession, et la présenta chez ses pratiques
comme sa compagne chérie, comme sa sœur
adoptive. Mademoiselle Saint-Omer, abandonnée
de tous les anciens affidés de feu son père tant
que ceux-ci craignirent qu'elle n'eut besoin

d'eux, leur parut alors estimable, intéressante.
Les plus riches familles du quartier s'empressè-
rent de seconder ses nobles efforts, louèrent
tout haut son dévouement filial, et lui procu-
rèrent les moyens de contribuer à la prospérité
de l'atelier commun, qui devint un des plus
renommés et des mieux achalandés de la
capitale.

Un jour que les deux associées s'entrete-
naient de leurs succès, de leur bonheur mutuel,
entre chez elles une personne mesquinement
vêtue, portant un vieux chapeau de paille noir,
couvert d'un voile épais. C'était Clorinde de
Saluces, qui n'avait pas voulu se faire reconnaître dans le quartier, et dont les traits, tout
en exprimant encore la fierté, semblaient être
altérés par les larmes. Elle avait su que sa voisine, la fille du riche capitaliste, était parvenue
à se faire une existence indépendante par son
travail et sa persévérance. Elle avait appris
tout ce que l'ouvrière en dentelles avait fait
pour l'aider à consoler sa mère, à lui rendre une
vie douce et paisible : certaine de leur inspirer
quelque intérêt par le récit de ses malheurs, elle
venait les supplier de la seconder dans le projet
qu'elle avait conçu.

Elle leur apprend alors que le vicomte de
Saluces est mort en Écosse, et n'a laissé que
des dettes; que sa veuve et sa fille s'étant

réfugiées chez une vieille parente, au faubourg
Saint-Germain, s'y trouvaient en butte à des
humiliations qu'il ne leur était plus possible de
supporter; qu'enfin privées des secours de tous
les gens de qualité qui, presque tous, avaient
quitté Paris, elles se décidaient à vivre aussi du
travail de leurs mains, dussent-elles se réduire
à la plus dure existence; et qu'elle venait
supplier ses deux anciennes voisines de leur
procurer de l'ouvrage. « Soyez la bienvenue,
mademoiselle! lui répond Estelle Aubert : ma
compagne et moi nous vous mettrons bientôt
en état de nous seconder; et, puisque vous
daignez descendre jusqu'à nous, vous y trouverez une honnête indépendance que vous ne
devrez qu'à vous seule. — Et cela vaut bien le
rang et l'opulence, ajoute Léonie avec joie; je
ne fus jamais plus heureuse. » Dès le jour
même, Clorinde loua les deux chambres en
mansarde qu'avaient occupées tour à tour les
deux jeunes associées ; et, le lendemain, elle
vint s'y établir avec sa mère, qui prit le simple
nom de madame Dupré, veuve d'un militaire
mort au champ d'honneur. Estelle fit faire par
sa bonne gouvernante toutes les provisions
dont ces dames avaient besoin, afin qu'elles ne
fussent pas reconnues dans le quartier; et
bientôt, sans toutefois jamais paraître à l'atelier,
la mère et la fille, par le travail de la journée,

qui se prolongeait souvent dans la nuit, par-
vinrent à gagner de quoi subvenir à tous leurs
besoins, et à s'éviter le supplice de fatiguer la
pitié des personnes dont peut-être elles avaient
le droit d'attendre une honorable hospitalité.

L'honnête commissaire-priseur venait de
marier Emma au jeune successeur d'un avoué.
Est·lle Aubert avait été invitée à la noce, ainsi
que son associée, dont la gaieté naturelle et
l'heureux caractère lui conciliaient tous les
cœurs. Une seule chose manquait au bonheur
de Léonie : c'était de connaître l'anonyme
qui lui avait fait retrouver, ainsi qu'à sa mère,
une partie des meubles à leur usage, et surtout
le portrait de son père, avec cette inscription
qui ne sortait pas de sa pensée : « Celle qui
nourrit sa mère du travail de ses mains, tient
toujours un rang honorable dans la société. »
Léonie et sa mère étaient parvenues, à force de
privations, à réunir les quinze cents francs
environ qu'avait dû dépenser l'inconnu pour
ce trait de bienfaisance et de délicatesse : chaque fois qu'elles rencontraient le tapissier
Jamart, elles le suppliaient de leur accorder du
moins la satisfaction d'acquitter une dette
aussi sacrée. Celui-ci, jouissant d'une honnête
fortune et de l'estime générale, avait été invité
avec sa famille chez le commissaire-priseur avec
lequel il était en relation d'affaires. Léonie le

sollicita de nouveau de lui nommer le généreux anonyme. Ses instances furent si vives, si généralement approuvées par les nombreux assistants, que cet excellent homme, ému lui-même, porte inopinément ses regards sur Estelle Aubert, qui rougit et baisse les yeux.

Léonie s'en aperçoit, presse de questions le tapissier, qui, ne pouvant résister aux sollicitations dont il est environné, hésite encore un instant, et finit par désigner l'ouvrière en dentelles. Léonie la presse aussitôt dans ses bras, et, ainsi que sa mère, la couvre des larmes de la reconnaissance. « C'étaient mes premières épargnes, dit Estelle, pouvais-je en faire un meilleur usage? »

Et vous, jeunes filles, qui daignerez parcourir ce récit historique, conservez-en le souvenir! Vous, demoiselles d'une haute naissance, n'abaissez point des regards dédaigneux sur les bonnes gens qui vous entourent! ne vous élevez pas au-dessus des autres avec trop de fierté: il ne faut, hélas! qu'un seul coup de vent pour vous faire ramper sur la terre... Vous, fastueuses héritières des opulents du jour, qui vous croyez si bien cramponnées au char de la fortune, écoutez Léonie Saint-Omer : elle vous dira qu'un seul cahot suffit pour en descendre..... Vous, jeunes et modestes bourge... imitez Emma Dumont : restez comme ...

milieu de l'échelle sociale ; et par cela même
que vous ne chercherez point à monter, vous
ne craindrez pas de descendre..... Vous, enfin,
jeunes ouvrières, pauvres filles qui composez
la plus grande partie de la population, visitez
Estelle Aubert dans son humble mansarde, pro-
longeant, par ses soins, les jours de son vieux
père, se conciliant l'estime de tous les gens de
bien ; et vous apprendrez d'elle ce que produisent tôt ou tard le courage, la gaieté, la patience,
l'amour **du travail, en un** mot la véritable
piété.

LE BATEAU A VAPEUR.

Il est de ces distances sociales qu'il nous faut
souvent oublier, surtout lorsque le hasard se
plaît à mettre à notre niveau ceux que nous
regardons comme nos inférieurs. Au champ
d'honneur et sous la mitraille, tout jeune conscrit, pauvre et d'une obscure naissance, est
l'égal du fils de famille qui combat à ses côtés.
Les jeunes aspirants de la marine, sur un vais-
seau de ligne, ne se font distinguer que par
leur bravoure et leur adresse à la manœuvre.
Tous les élèves d'un lycée jouissent des mêmes

prérogatives, et dans leurs jeux, comme dans leurs exercices scolastiques, ce sont les plus intelligents et les plus laborieux qui seuls occupent les premiers rangs. Mais c'est surtout dans les endroits publics, où chacun paye un prix égal, c'est à l'église où l'on prie, aux promenades publiques où l'on se presse, enfin c'est sur les bateaux à vapeur où nulle place n'est réservée, où tout voyageur essuie également les éclats de l'orage qui survient et les atteintes des flots agités, qu'on acquiert cette conviction que chaque être tient son coin sur la terre.

Une anecdote assez remarquable dont je fus le témoin, il y a quelques mois, sur le bateau à vapeur de Paris à Melun, prouvera la vérité de ce que j'avance, et pourra servir de leçon aux jeunes présomptueux qui s'imaginent que, partout où ils se trouvent, on doit rendre hommage soit au nom dont ils ont hérité de leurs ancêtres, soit à l'opulence qu'ont acquise leurs parents dans le commerce ou dans la banque.

J'étais parti de Paris par une belle matinée du mois d'août, dans une de ces embarcations nouvelles qui franchissent, même en remontant le cours du fleuve, de longues distances en peu de temps, et vous font parcourir les belles rives de la Seine avec une rapidité qui vous laisse à peine le loisir d'examiner les sites

ravissants et les belles habitations qui passent
devant vos yeux comme les figures d'une lan-
terne magique. Les vacances venaient de s'ouvrir dans les lycées de Paris; et plusieurs
jeunes élèves, qui voguaient avec moi sur le
fleuve, exprimaient par leur hilarité le bonheur
qu'ils éprouvaient d'aller revoir le foyer pater-
nel et tout ce qui devait leur rappeler les jeux
de leur enfance. De mon côté, je prenais un
grand plaisir à faire une étude particulière de
ces jeunes lauréats; et bientôt reconnu par un
des voyageurs, qui me nomma, j'eus l'inexprimable jouissance d'être salué par ces lycéens,
comme un des auteurs dont ils aimaient à parcourir les écrits.

J'eus pour approbateurs tous les lycéens
dont j'étais entouré, à l'exception d'un seul,
que j'entendis nommer Alfred, petit-fils d'un
pair de France, et l'unique enfant de la comtesse
de Fierville, qui possédait une terre considérable dans les environs de Melun. Il avait quitté
son uniforme du lycée pour endosser un élégant
costume de fantaisie, sous lequel il se gourmait
et semblait faire bande à part. Il était escorté
d'un bon vieux valet de chambre, et ne se sou-
mettait guère à cette égalité parfaite entre amis
de collège. « Voilà, me dis-je en moi-même, un
jeune présomptueux qui, tôt ou tard, se repen-
tira de faire le grand seigneur... » Ma prédic-

tion ne tarda pas à se réaliser. Un vent contraire, assez violent, s'étant élevé tout-à-coup, la marche du bateau fut ralentie au point qu'il faisait à peine une lieue et demie par heure. Il fallait tuer le temps à quelque chose, et l'on proposa de petits jeux. Après ceux qui exercent l'esprit, l'imagination, et dans lesquels brilla le jeune Bertrand, fils d'un tonnelier, on proposa la main chaude, et je fus prié de servir de giron : ce que j'acceptai avec empressement.

Le brillant Alfred refusa de se mêler à ce jeu parmi ses condisciples. « Pourquoi donc, lui dit l'un d'eux, refuses-tu de prendre part à nos folies? — Je gage, dit Bertrand, que le comte de Fierville rougirait de me toucher la main. » Alfred rougit et baissa les yeux.

Cette mordante plaisanterie, qui fit rire tous les assistants, produisit son effet.

Le jeune comte éprouva ce jour-là même à quel point ce lien fraternel peut influer sur notre existence, et reconnut que l'amitié franche et dévouée est un des trésors les plus précieux qu'on puisse trouver sur la terre. J'ai déjà dit qu'un temps orageux avait obligé nos lycéens d'entrer dans la salle intérieure du bateau retardé dans sa marche; une rencontre funeste, imprévue, avec un long train de bois flotté, brisa tout-à-coup une des ailes à ramer du *Parisien*, et le fit sombrer sur le côté droit.

L'épouvante s'empara tout-à-coup des voyageurs : les cris des femmes effrayées augmentaient encore la stupeur générale : enfin le capitaine lui-même s'écria, peut-être imprudemment : « Sauve qui peut! » A ces mots, le comte de Fierville, pour qui l'avenir était si brillant et qui tenait plus que tout autre à la vie, s'élance, égaré par la frayeur, au milieu du fleuve, en appelant à son secours ; mais sa voix est confondue avec celle des personnes entraînées, comme lui, par le cours rapide des eaux sous lesquelles il disparaît et reparaît tour à tour : Bertrand l'aperçoit, s'élance de dessus le pont, et, nageant avec la vigueur et l'adresse d'un enfant du peuple élevé sur les bords de la Seine, il atteint son camarade épuisé par les vains efforts qu'il avait faits, et presque sans connaissance, le saisit et l'amène sur le rivage, en face du joli village de Saint-Port, où tous les deux ils font sécher leurs vêtements et savourent, pressés dans les bras l'un de l'autre, les deux élans de l'amitié : « Sans toi j'étais mort, dit Alfred, et quelques efforts que je fasse pour m'acquitter, je resterai toujours ton débiteur. — Je te devrai bien plus, moi, répond Bertrand, puisque, tant que nous vivrons, je ne pourrai jeter un regard sur toi sans tressaillir de joie : crois-moi, l'obligé n'est pas le plus heureux. »

Ils furent bientôt rejoints par leurs camarades, à l'auberge où ils s'étaient réfugiés. On conçoit les félicitations et les serrements de main que reçut Bertrand : ce trait de dévouement le rendit plus cher encore à ses jeunes amis; et chacun, parvenu le lendemain à sa destination sur un autre bateau à vapeur, répandit dans tout l'arrondissement de Melun le généreux dévouement du jeune Bertrand, dont le père, ancien grenadier de la vieille garde, disait à qui voulait l'entendre :

— C'est bien! c'est très-bien!..... mon fils n'a fait que son devoir.

La comtesse de Fierville, à qui son cher Alfred fit le récit fidèle du danger qu'il avait couru et de l'héroïque secours de son jeune camarade, voulut elle-même lui en témoigner sa reconnaissance; elle se rendit donc à Melun chez le tonnelier Bertrand, qu'elle félicita d'avoir un pareil fils, et voulut remettre à ce dernier une bourse contenant un assez grand nombre de napoléons. « Ce n'est point avec de l'or, lui dit le jeune lycéen, que j'ai sauvé mon camarade, mais avec mes bras, et ce n'est que dans les siens que je puis trouver ma récompense. — Bien, Marcel! lui dit son père, en lui serrant la main, c'est très-bien! »

La comtesse, convaincue qu'elle ne pourrait s'acquitter avec de l'or, eut recours à de pres-

santes invitations qu'elle fit au jeune Bertrand,
de venir passer une partie de ses vacances à
sa terre, où il pourrait jouir des plaisirs de la
chasse, de la pêche, et trouver tous les amuse-
ments d'une société nombreuse et choisie. « Du
tout, du tout! répond le père Bertrand : vous
lui feriez accroire qu'il est un grand personn-
age; et j'en ai besoin, moi, pour expédier mes
mémoires de l'année. Tout ce que je puis faire,
Madame, ajouta-t-il avec un malin sourire,
c'est de vous le présenter la première fois que
j'irai mettre vos vins en bouteilles. » La comtesse, femme d'esprit, sentit toute la portée de
cette plaisanterie, et se promit d'en profiter
pour convaincre ces dignes gens que, parmi
les personnes de qualité, il en est qui savent
honorer toutes les professions utiles, et rendre
aux vertus personnelles l'hommage qui leur
est dû.

Peu de temps après, en effet, le père Bertrand
et son fils se rendirent au château de la
comtesse de Fierville. Marcel, d'après les ordres
de son père, avait pris, ainsi que lui, le modeste
costume de tonnelier, c'est-à-dire la veste et le
pantalon de velours de coton vert pâle, la casquette de coutil et le tablier de cuir. Ils étaient
curieux l'un et l'autre de voir quel accueil on
leur ferait. Dès qu'Alfred aperçut son jeune camarade, il courut à sa rencontre, et lui prouva

tout le bonheur que lui faisait éprouver sa présence; il serra très-cordialement la main du
père, qu'il appelait monsieur Bertrand, et les
présenta tout de suite à sa mère, qui jugea sans
peine l'épreuve que voulait faire sur elle le
malin tonnelier. Celui-ci fut touché, confondu
de la gracieuse urbanité de la comtesse. Elle
embrassa Marcel comme le sauveur de son
Alfred, et lui déclara que, partout où le hasard
le lui ferait rencontrer, il recevait d'elle l'acco-
lade de la reconnaissance. « Bien, se disait tout
bas le père Bertrand, c'est très-bien!..... » Ils
demandent à remplir les devoirs de leur profession, et le plus ancien des serviteurs du château les conduit dans les caves, où tous les deux
ils mirent en bouteilles une pièce de vin. Marcel, qui depuis plusieurs années avait perdu
l'usage du métier, se frappait quelquefois sur
les doigts en enfonçant les bouchons; son vieux
père ne pouvait s'empêcher de sourire; mais,
ravi de la respectueuse obéissance de son fils,
il répétait toujours entre ses dents : « Bien!...
c'est très-bien! »

Cependant l'horloge du château vient de
sonner cinq heures, et notre lycéen-tonnelier
éprouvait une faim dévorante; aussi fut-il agréa-
blement surpris lorsque le même valet de chambre qui les avait conduits dans les caves reparaît,
une serviette sur le bras, en leur annonçant

qu'ils sont servis. Ils s'attendent à trouver dans
un coin de l'office un repas frugal qu'on leur a
préparé. « Alfred n'aura pas voulu nous faire
manger avec ses gens, dit Marcel à son père; et
c'est une attention dont je lui sais gré. » Ils
suivent donc le vieux serviteur, qui leur fait
traverser la salle à manger, où ils remarquent
un couvert mis pour douze ou quinze personnes :
ils ne savent ce que cela signifie; mais leur
surprise est au comble lorsqu'ils entendent leur
introducteur, ouvrant la porte du grand salon,
annoncer à haute voix : « Messieurs Bertrand
père et fils ! » Ils se regardent tous les deux avec
stupéfaction, et s'imaginent d'abord qu'on veut
les mystifier; mais le jeune comte, accourant
à leur rencontre, leur annonce que leur place
est aux deux côtés de la comtesse, dont il a
reçu les ordres précis. « Tu suis trop bien ceux
de ton père, dit-il à Marcel en souriant, pour
être surpris que je n'obéisse pas de même à mon
excellente mère. — Bien ! c'est très-bien ! répète
alors tout haut le père Bertrand, mais vous nous
accorderez au moins le temps de quitter nos
tabliers de cuir. »

Ils s'empressent donc de les dégrafer, rajus-
tent le mieux qu'ils le peuvent leur costume
plébéien, et sont introduits par Alfred au milieu d'une douzaine de personnes notables du
pays, parmi lesquelles se trouve le général

D***, qui s'écrie à l'aspect du père Bertrand :
« C'est toi, mon camarade! oh! que je suis aise
de te revoir!...... Je vous présente, ajoute-t-il
aussitôt en lui serrant la main, un vieux grognard de la garde impériale, qui m'a sauvé la
vie. — En ce cas, s'écrie à son tour Alfred avec
ivresse, nous ferons partie carrée ; car si vous
devez la vie au père, je la dois de même à son
fils. » Cette double rencontre produisit l'intérêt
le plus vif parmi les assistants, et le dîner fut
d'une gaieté ravissante. Le père Bertrand, placé
à droite de la comtesse, s'y tint, quoique sous
son costume d'homme du peuple, avec cet
aplomb, avec cette dignité d'un ancien brave.
Marcel, sous le sien, fit briller la vivacité de son
esprit, la richesse de son imagination.

« J'espère, dit la comtesse, que le camarade
d'Alfred, malgré la rédaction des nombreux
mémoires de son père, viendra passer une
semaine entière au château. — C'est bien long,
répond brusquement le vieux grognard. — J'ai
besoin de tout ce temps-là, répond madame
Fierville, pour exécuter un projet que j'ai
formé. Depuis quinze ans je cultive la peinture
avec quelque succès, et je vous demande la
permission de faire le portrait de votre cher
Marcel, que je prétends placer dans ma galerie,
et sur lequel il me sera doux d'arrêter souvent
mes regards. J'offre en échange à votre fils le

portrait d'Alfred, sur lequel il ne pourra lui-
même jeter les yeux sans éprouver un honorable souvenir. — C'est dit, réplique vivement le
père Bertrand; dimanche matin je vous le
ramène. »

Le jour convenu, Bertrand et son fils se rendent en effet auprès de la comtesse; mais le
costume de tonnelier avait été remplacé par un
uniforme de l'ancienne garde que portait le père,
et Marcel avait repris son costume de lycéen.
« Puisqu'on nous a reçus, disaient-ils, aussi
gracieusement sous la veste de bure, il faut
prouver que nous savons respecter les convenances. Quand les grands daignent nous
traiter comme leurs égaux, c'est alors qu'il est
de notre devoir de les remettre à leur rang. »
La comtesse et son fils ne purent s'empêcher de
faire sentir à leurs deux invités qu'ils étaient
sensibles à leur déférence. Le dîner fut encore
plus gai, plus expansif que le premier; et, dès
le lendemain, Marcel posa pour son portrait,
que la comtesse fit d'une ressemblance frappante et au bas duquel elle fit écrire ces mots :
Il a sauvé mon fils ! Peu de temps après, le père
Bertrand reçut une copie de ce beau portrait
avec un billet ainsi conçu : « Vous ne m'avez
laissé que ce seul moyen de vous prouver ma
reconnaissance. » Mais ce qui surtout mouilla
les yeux du vieux grognard, ce fut cette ins-

cription que la comtesse avait fait tracer au bas
du cadre : *il illustrera son nom...* Cette prédic-
tion s'est accomplie : j'ai su par des renseigne-
ments que j'ai pris au lycée où Marcel a terminé
ses études, qu'après y avoir mérité le prix
d'honneur, le ministre de l'instruction publique
l'avait honorablement placé dans le monde
savant, où sa célébrité s'accroît de jour en jour.
Le jeune comte de Fierville est plus que jamais
fier de le nommer son ami, et se fait remarquer
de son côté par cette urbanité franche qui soumet tous les cœurs. Je les ai rencontrés tous
les deux il y a peu de temps, et nous avons eu
grand plaisir à récapituler ensemble tout ce
qu'avait produit d'heureux notre rencontre sur
le bateau à vapeur.

LES VOISINES DE CAMPAGNE.

Les liaisons formées par le cœur et surtout
par les convenances de rang, de fortune, sont
la plupart fructueuses et durables : elles offrent
un échange utile de services, d'agréments, qui
influent sur le bonheur de la vie. Les liens, au
contraire, qui semblent unir des personnes
entre lesquelles il existe des distances sociales,

ces liens-là peuvent bien flatter l'amour-propre, remplir le vide de l'âme, ou écarter l'ennui par d'agréables distractions, mais elles ne durent pas longtemps; la vanité les néglige ou les oublie sitôt que la scène change, et que, dans le monde, les préjugés remettent chacun à sa place.

Célestine et Nisa Dorsan, filles d'un officier d'artillerie, mort au champ d'honneur, passaient ordinairement les beaux jours avec leur digne mère, dans une jolie et modeste habitation, faisant partie d'un village situé sur les rives de la Seine, à douze lieues de Paris. Toutes les deux élèves de l'honorable maison de Saint-Denis, joignaient à l'habitude du travail des talents remarquables. L'aînée exécutait au piano les compositions de nos plus grands maîtres; et la cadette peignait à l'aquarelle divers sujets avec une rare perfection. Leur modique revenu suffisait à peine pour les mettre à l'abri de la gêne; et ce n'était que par leurs ouvrages qu'elles pouvaient se procurer l'aisance. Célestine composait des romances très-recherchées par les éditeurs de musique. Nisa copiait la nature sur la toile avec une admirable fidélité. Ses tableaux étaient remarqués aux expositions du musée.

Ce concours de talents divers, cette mise en commun de deux sœurs contribuant à la douce

et honnête existence dont jouissait leur excellente
mère, tout semblait resserrer le nœud sacré de la
nature. Rien n'était à la fois plus admirable et
plus touchant que la tendresse dont ces deux sœurs
ne cessaient de se donner des preuves ; et pourtant elles étaient d'un caractère bien différent.
Autant Célestine était posée, réfléchie et mélan-
colique, autant Nisa se montrait vive, distraite,
étourdie. Ce contraste, loin d'élever entre elles
le moindre nuage, les amusait beaucoup, et
jetait sur leur existence mutuelle une variété
qui semblait en doubler le charme. Célestine,
dont les traits étaient nobles et réguliers, n'ou-
vrait la bouche que pour proférer des paroles
pleines de douceur et de bonté ; son regard pénétrant annonçait la sérénité de son âme. Nisa,
tout au contraire, portait sur sa figure piquante
et son malin sourire l'indice d'un esprit vif et
caustique, d'une fierté indomptable et de la
plus énergique indépendance... C'était, en un
mot, l'image vivante de feu son père. Mais ce
caractère très-prononcé se trouvait modéré par
l'éducation austère de Saint-Denis, et surtout
par cet usage du monde qu'elle prenait chaque
jour.

Leur habitation touchait aux rives de la
Seine, et se trouvait placée au bas d'une riche
colline au haut de laquelle s'élevait un ancien
et vaste château, entouré d'un parc immense.

Il avait appartenu longtemps à un maréchal de France, dont il faisait la retraite chérie. A la mort de cet illustre guerrier, cette belle terre fut vendue, et le comte D***, pair de France, ex-ambassadeur à la cour de Vienne, en devint acquéreur. Autant le feu maréchal était simple et sans faste, ne s'occupant qu'à répandre des aumônes parmi les indigents et des secours à tous les vieux militaires, autant le pair de France était gourmé, fastueux, et ne faisant que le bien indispensable pour soutenir la splendeur de son rang.

Il n'avait pour enfants que deux filles qui, dès l'âge le plus tendre, avaient pris l'habitude de la grandeur et de l'étiquette. Leur mère, encore plus vaine que ne l'était son époux, les avait emmenées avec elle dans les différentes cours où le comte avait eu l'honneur de représenter le gouvernement français; et là, sans cesse initiées aux usages, aux prérogatives de la haute diplomatie, elles en avaient rapporté cette morgue et cette roideur des princesses souveraines auprès desquelles le titre dont leur père était revêtu leur donnait souvent accès. L'aînée, nommée Clotilde, ne parlait que des bontés encourageantes dont l'avait comblée la reine de Saxe, que des preuves d'un véritable attachement dont l'honorait la nièce du landgrave de Hesse. Sa sœur cadette, qu'on appelait

Isabelle, désignait tour à tour un riche collier que lui avait donné l'électrice de Brandebourg, un anneau garni de rubis qu'elle avait reçu des mains de la fille du roi de Bavière. L'une et l'autre enfin ne parlaient que des faveurs qu'elles avaient obtenues dans presque toutes les principautés de l'Allemagne, et se targuaient d'en avoir pris les manières et le langage. Le comte et la comtesse D*** se félicitaient à leur tour de retrouver dans Clotilde et dans Isabelle cette imposante dignité, ce maintien noble et ces expressions des augustes personnages dont elles avaient eu l'honneur d'approcher.

La fête patronale du village allait être célébrée; et ce beau jour, si cher à tous les agriculteurs des environs, rappelait aux jeunes filles l'usage d'orner de fleurs à l'église la statue de la sainte Vierge, et de renouveler les riches habits dont la reine des anges était revêtue. A cet effet, une députation de jeunes villageoises parcourait, une bourse à la main, les principales habitations du canton et faisait une quête pour leur patronne. Elles se présentèrent d'abord au château, où, après avoir attendu plus d'une heure dans l'antichambre, elles virent venir à elles les superbes Clotilde et Isabelle, dont l'une déposa dans la bourse une pièce de cinq francs. Mais elles reçurent en revanche des protestations d'intérêt et de protection avec ce ton de distance et de supériorité qu'eût mis une souveraine envers ses humbles sujettes.

Nos jeunes vierges se présentèrent ensuite chez mesdames Dorsan, et reçurent d'elles un accueil tout différent. Il leur fallut entrer au salon, s'asseoir, accepter des rafraîchissements; et la charmante Nisa leur offrit une tunique brodée pour la sainte Vierge, semblable à celle dont on couvre les madones à Rome, et dont elle avait dessiné la forme d'après un tableau d'Horace Vernet. Célestine leur remit à son tour deux beaux vases de fleurs artificielles, ouvrage de ses mains, pour mettre de chaque côté de la Mère de Dieu, et leur annonça que, le jour de la fête, elle exécuterait sur le piano un *Ave Maria*. Cette annonce fut répandue dans tout le canton, et l'on conçoit aisément à quel point elle excita la curiosité.

Le jour de la fête, en effet, tout s'accomplit comme l'avait annoncé Célestine Dorsan : elle accompagna sur le piano organisé les célèbres chanteurs, qui parurent se surpasser. Toutefois le zèle remarquable des exécutants n'étonna plus, lorsqu'on apprit que l'*Ave Maria* qu'on venait de faire entendre était le coup d'essai de Célestine Dorsan, qui se livrait à la composition. Le comte D*** et toute sa famille étaient dans le banc seigneurial; et, au moment où Nisa, qui s'était chargée de quêter, se présenta

devant l'ex-ambassadeur, elle reçut d'honorables félicitations sur le double talent de sa
sœur. « Si jeune encore! disait la comtesse .
cela promet beaucoup. — C'est vraiment tout-à-
fait bien, ajoutait Clotilde du bout des lèvres. —
On se croirait à la chapelle Sixtine, » laissait
échapper Isabelle, avec un léger sourire de satisfaction.

Pendant qu'elle faisait applaudir son chant
mélodieux et sa brillante méthode, Nisa, qui ne
cessait d'étudier les hauts personnages dont
elle était entourée, et de prêter une oreille attentive aux diverses conversations qu'ils formaient
entre eux, entendit l'ambassadeur de Saxe demander à la fière et brillante Clotilde quelles
étaient ces deux demoiselles qui, sous des de-
hors modestes, réunissaient des talents si distingués. « Ce sont de jeunes voisines, répondit
la fille du pair de France; bonnes petites personnes, tout-à-fait... à la campagne on prend ce
qu'on trouve. » Ces paroles produisirent sur
Nisa l'effet d'un coup de vent qui tout-à-coup
renverse une fleur sur sa tige; mais reprenant
sa force et sa couleur, elle se relève bientôt et se
ranime aux rayons du soleil. Nisa feignit donc
de n'avoir rien entendu, et traita les filles du
comte avec son affabilité naturelle. Toutefois
un sourire malin apparaissait sur ses lèvres,
lorsqu'elle leur adressait la parole. La jeune

artiste préparait avec adresse sa vengeance, et
se disposait à donner aux deux superbes sœurs
la leçon qu'elles méritaient. Il est dans la vie de
ces moments où l'âme s'élève à toute sa hauteur,
et ne néglige rien pour se montrer dans toute
sa dignité.

« Clotilde et Isabelle, se disait Nisa, sont les
filles d'un homme titré, opulent; mais nous,
ma sœur et moi, nous sommes issues du sang
d'un officier d'artillerie, et qui peut-être serait
devenu général s'il n'eût pas été victime de son
courage. Prouvons donc aux filles du pair de
France que nous ne sommes pas de pauvres
voisines de campagne qu'on cultive faute de
mieux dans une terre isolée, et qu'on relègue
avec dédain sitôt que les beaux jours disparais-
sent : c'est à Paris que je les attends ; oui, c'est
dans la capitale, où chacun reprend son rang,
que je prétends étudier nos deux superbes
demoiselles.

La fin de l'automne ramena bientôt en effet
le comte D*** et sa famille dans l'hôtel qui leur
appartenait, rue Caumartin. Madame Dorsan et
ses deux filles se rendirent de leur côté à l'appartement qu'elles occupaient rue du Helder,
au troisième sur le derrière. Cette riante habitation donnait sur des jardins, ce qui procurait à
Nisa un jour favorable pour peindre ses aquarelles ; et tout au bout d'un corridor se trouvait

la chambre d'étude de Célestine, qui s'y livrait
sur le piano à toutes ses inspirations musicales.
Plusieurs semaines s'écoulèrent sans que madame Dorsan et ses filles entendissent parler de
la famille du pair de France. Au village où
elles avaient passé la belle saison, il ne se passait pas un seul jour sans que les filles du comte
descendissent la colline au bas de laquelle habitaient Célestine et Nisa. On était avide d'entendre la nouvelle romance que l'aînée avait
composée, de voir et d'admirer l'aquarelle que
terminait la cadette. Oh! comme on savourait
avec délices un si charmant voisinage! c'était
au point que les doux noms de *ma chère*, de
bonne amie étaient donnés, avec une véritable
effusion de cœur, par les filles du pair de France
aux deux sœurs artistes. Célestine, bonne et
confiante, se livrait à cette intimité apparente,
avec l'abandon d'une âme pure et naïve ; mais
Nisa, plus observatrice, et surtout d'après les
paroles humiliantes qu'elle avait entendues de
la bouche de la fière Clotilde, ne se fiait pas à
toutes ces protestations d'amitié, de dévouement, et ne cessait de se dire : « On a besoin
de nous pour se distraire : attendons le temps
des épreuves, et ne perdons pas de vue mon
projet de vengeance. »

Cependant, un soir que madame Dorsan et
ses deux filles faisaient ensemble une lecture,

intéressante, elles entendent frapper à la porte
de leur appartement. C'était le chasseur du
comte D*** qui venait demander si ces dames
voulaient recevoir la visite de madame la comtesse et de ses deux demoiselles. Il était neuf
heures environ, et nos deux jeunes artistes
étaient, ainsi que leur mère, dans un négligé
qui fit hésiter madame Dorsan à recevoir la
visite annoncée. « Chacun a le costume de sa
profession, dit Nisa : veuillez prier ces dames
de monter! » ajoute-t-elle au chasseur, qui
s'éloigne aussitôt. Madame Dorsan, toutefois,
se couvre d'un beau châle de mérinos, et fait
allumer à la hâte du feu dans son salon. Célestine rajuste les tresses de ses cheveux, met
devant elle un joli tablier écossais, et sur ses
épaules une collerette richement brodée. Quant
à Nisa, elle ne fait aucun apprêt, pas la moindre
toilette. Elle conserve ses cheveux relevés avec
un peigne d'écaille, son tablier de serge verte
et sa vieille douillette de taffetas reteinte, en
répétant avec un sang froid observateur : « Chacun a le costume de sa profession. »

Entrent dans ce moment la comtesse et ses
deux filles, toutes les trois en riche costume
d'étiquette. Elles allaient au cercle du ministre des relations extérieures, et n'avaient point
voulu, disaient-elles, passer devant la porte de
leurs chères voisines de campagne, sans s'in-

former elles-mêmes de leur santé. « Il y a vraiment un siècle que nous ne nous sommes vues, dit la comtesse, et depuis notre retour à Paris nous n'avons pas entendu parler de vous : c'est fort mal. » Madame Dorsan s'excusa sur les occupations incessantes de ses enfants, et sur les soins multipliés d'une maîtresse de maison qui n'a qu'une seule gouvernante. Célestine, avec sa douceur angélique, donna pour prétexte une commande très-pressée que lui avait faite un des premiers éditeurs de musique; et Nisa, étudiant plus que jamais le langage et les manières des filles du pair de France, reconnut aisément que ce n'était plus le même accent, la même communication. A ces gracieuses expressions si souvent employées au village, et qui peignaient si bien le bonheur de se trouver ensemble, succédaient ces phrases qui font sentir les distances : « Mademoiselle Célestine compte-t-elle toujours dédier son nouveau recueil de romances a l'ambassadrice de Prusse? Nous nous chargeons de lui faire accepter. — Mademoiselle Nisa aurait-elle encore l'intention de faire à l'aquarelle un groupe des trois jolis enfants de la duchesse de Clermont? Nous aurions un vrai plaisir à lui procurer cet honneur. — Le plus bel attribut des personnes de qualité, répond la fière Clotilde en se gourmant, c'est de protéger les arts. — Et ces demoiselles peuvent compter sur nous, ajoute la superbe Isabelle, toutes les fois que l'occasion se présentera de leur être utiles.

— La protection est malheureusement nécessaire, pour réussir dans le monde, répliqua Nisa conservant une noble attitude; mais l'appui le plus sûr, le protecteur le plus puissant, ah! c'est le vrai talent : aussi je travaille sans relâche à me procurer celui-là, afin de me passer des autres. »

Après un petit quart d'heure de conversation, la comtesse et ses filles se retirèrent, en renouvelant à la famille Dorsan mille protestations de dévouement et d'intérêt : on alla même jusqu'au serrement de main, mais avec ce ton qui semble dire : « Avec un pareil soutien, votre réputation est assurée. » Dès qu'elles furent sorties, Nisa fit observer à sa mère et à sa sœur l'étrange changement qui s'était opéré dans leurs voisines de campagne. « Avez-vous remarqué, disait-elle, ce ton de protection, ces regards qui s'efforçaient de descendre jusqu'à nous? Cette Clotilde surtout est d'une morgue insupportable, et je ne respirerai bien à mon aise que lorsqu'elle aura reçu de moi la leçon qu'elle mérite. — Une leçon! lui dit sa mère; et que t'a-t-elle donc fait? — Oh! j'ai sur le cœur certaines paroles qui m'oppressent depuis quelque temps..... je ne puis m'expliquer davantage ; mais reposez-vous sur moi. »

Arriva bientôt la fête de naissance de madame Dorsan, anniversaire qu'on célèbre ordinairement parmi les artistes. Célestine et Nisa, de qui les ouvrages étaient recherchés dans Paris, voulurent réunir ce jour-là chez elles les premières réputations dans la musique et la peinture. Elles organisèrent un concert brillant qui devait être suivi d'un bal où paraîtraient les femmes de talent les plus renommées de la capitale. Tout fut donc, à cet effet, préparé par les deux sœurs , avec ce goût remarquable et cette élégance sans faste qui distinguent les réunions de tous ceux qui cultivent les arts. On crut devoir inviter le pair de France et sa famille. Nisa surtout mit dans cette invitation un empressement qui semblait annoncer une secrète intention. On eût dit qu'elle avait sur le cœur un fardeau pesant dont elle voulait s'alléger.

L'appartement fut disposé pour une fête de famille ; tout était jonché de fleurs : on avait mis à nu la jolie petite serre de la maison de campagne. On ne remarquait point, dans ce local d'artiste, ces riches draperies à franges d'or, ces lustres à cinquante bougies, ni ces caisses nombreuses d'arbustes rares, odoriférants, placées sur chaque marche de l'escalier : d'abord, parce que ces dames demeurant au troisième étage au-dessus de l'entre-sol, il eût fallu dégarnir à la fois plusieurs serres chaudes ; en second lieu, parce qu'une pareille dépense était au-dessus des moyens de l'honorable famille dont le travail était la principale ressource. Mais, en revanche, on remarquait dans chaque pièce de ce modeste asile ce qui tout à la fois charmait les yeux et parlait à l'imagination.

Le salon surtout était orné d'aquarelles de la composition de Nisa, représentant différentes scènes de la société. On en remarquait deux entre autres qui paraissaient nouvellement peintes et faisaient pendant. L'une représentait le réduit d'une famille modeste ; la mère assise dans un grand fauteuil, tenait un livre à la main. Sa fille aînée à son piano, paraissait se livrer à d'heureuses inspirations, tandis que la cadette, devant son chevalet, était occupée à peindre. Elles venaient d'être interrompues dans leurs occupations respectives par l'arrivée de deux jeunes personnes, en costume de campagne, qui s'avançaient vers les deux sœurs avec ce vif empressement, avec cette démonstration d'une franche amitié, et même d'une égalité parfaite.

Dans le tableau qui faisait pendant, la scène avait changé. La mère et ses deux filles, dans un local plus soigné, offrant toutefois les attri-

buts de la musique et de la peinture, recevaient une dame d'un très-haut rang, accompagnée de ses deux filles, toutes les trois en
costume de cour. La mère de ces deux jeunes
artistes paraissait, ainsi que sa fille aînée,
surprise et confuse du ton sérieux et gourmé
de ces trois brillants personnages, tandis que
la sœur cadette en souriait secrètement, et semblait faire sur la toile l'esquisse de ce groupe
fier et protecteur. « Quel est donc le sujet que
vous avez voulu traiter? lui dit un de nos
peintres les plus célèbres. — Ce sont, répondit
Nisa, *les Voisines de campagne*. Dans le premier
tableau, j'ai représenté cet abandon simulé, ce
faux épanchement du cœur de jeunes demoiselles d'un haut rang, heureuses de rencontrer
aux champs deux artistes qui charment leurs
loisirs, et qu'alors elles comblent de prévenances... Dans le second tableau, j'ai essayé de
peindre ce qui n'arrive, hélas! que trop souvent
dans le monde. Ces mêmes demoiselles, élevées
par une mère habituée à l'éclat des cours, en ont
pris la vanité, le calcul des bienséances. Elles
viennent visiter, à Paris, nos jeunes artistes, et
leur font sentir toute la distance qui existe
entre elles. — C'est parfaitement exécuté, disent
à Nisa plusieurs personnes d'un talent distingué. — C'est une leçon de mœurs très-utile, dit
un vieux littérateur qui se trouvait parmi les

invités. — Vous devez placer avantageusement
cette nouvelle production, dit un de nos premiers peintres à la sémillante Nisa, dont il se
plaisait souvent à diriger les ouvrages; et je
vous félicite devant tous vos amis des progrès
étonnants que vous montrez à chaque exposi-
tion du musée. Continuez, charmante créature,
et vous arriverez à la célébrité. »

Entrèrent en ce moment l'ex-ambassadeur, sa
femme et ses deux filles, non dans une toilette
d'étiquette, mais dans un costume convenable à
des artistes. Le comte D***, qui devait son élévation à la haute pratique des convenances, et
qui, de plus, était un homme d'esprit, n'avait
pas voulu que ces dames vinssent étaler leurs
diamants et leurs parures dans une réunion où
la prééminence n'appartenait qu'au vrai talent.
Il parcourut à son tour les différentes productions de Nisa, et s'arrêta, ainsi que sa famille,
devant les deux tableaux en question. Il ad-
mire la distribution des personnages, la vérité
des poses et surtout l'expression remarquable
de chaque figure. La comtesse elle-même, loin
de se douter du sujet, en fait le plus grand
éloge, et prétend que c'est la nature prise sur le
fait. Enfin elle demande à plusieurs artistes qui
l'entourent ce qu'a voulu représenter la charmante Nisa. « Ce sont *les Voisines de campagne!* répond le vieil homme de lettres : dans

l'un, la douce familiarité, le bonheur de se rencontrer au village; dans l'autre, la morgue insolente et la dure nécessité de se revoir dans la capitale. » La superbe Clotilde baissa les yeux : une subite rougeur colora son beau front; et se rappelant alors les paroles humiliantes qui lui étaient échappées au château de***, elle soupçonna que la malicieuse Nisa l'avait entendue et s'en était vengée. Ce soupçon pénible ne tarda pas à devenir une certitude.

Dans un de ces intervalles de danse et de musique, où les conversations se raniment dans un cercle, un de nos plus illustres compositeurs, se trouvant auprès de la comtesse D*** et de ses deux filles étalées avec prétention sur un divan, demande à Nisa qui venait de leur parler, quelles étaient ces trois dames si huppées qui semblaient honorer la fête de leur présence. « Ce sont, répondit la maligne espiègle, de jeunes voisines de village, bonnes petites personnes tout-à-fait;..... à la campagne on prend ce qu'on trouve. » Ces paroles répétées textuellement, comme les avaient proférées Clotilde à l'ambassadeur de Saxe, produisirent sur elle l'effet de la foudre. Elles furent entendues de même du comte et de la comtesse qui, justement blessés des expressions de la jeune artiste, se retirèrent quelques instants après, enjoignant à leurs filles de n'avoir plus la moindre communication avec de jeunes impertinentes qui savaient aussi peu respecter les convenances... « Hélas ! dit Clotilde avec l'expression d'un repentir tardif, c'est moi qui suis la cause de cette étrange sortie de la jeune Nisa : elle n'a fait que répéter ce qui m'était échappé l'été dernier, et ce qui, je n'en doute plus, lui aura fait naître l'idée de ses deux derniers ouvrages.

— Je ne m'étonne plus, reprit alors le comte, de la verve et de la vérité qu'elle a montrées dans ses aquarelles représentant des voisines de campagne. Cela me donne une haute idée du caractère de cette jeune artiste; et je n'entends pas, Mesdemoiselles, que vous rompiez avec une personne aussi distinguée. A notre première réunion à l'hôtel, j'irai moi-même inviter la famille Dorsan à nous faire l'honneur d'y assister; vous me seconderez, j'espère, et nous lui prouverons qu'on est trop heureux de trouver à la campagne des voisines qui leur ressemblent, pour ne pas s'en glorifier.

Quelque temps après, Nisa reçut un marchand de tableaux fort connu, qui acheta d'elle, à un prix très-avantageux, plusieurs aquarelles parmi lesquelles furent comprises *les Voisines de campagne.* « Si cela continue de la sorte, se dit l'heureuse artiste, dans dix ans ma fortune sera faite, et je pourrai plus que jamais narguer les pairs de France et les ambassadeurs

qui essayeraient de m'humilier. » Célestine,
de son côté, venait de publier un album musical
qui lui produisait fort au-delà de ses espérances : et les deux sœurs, entourant plus que
jamais leur digne mère d'égards et de tendres
soins, éprouvaient que le plus grand avantage
que nous accorde la Providence, c'est de rendre,
par notre travail, à celle qui nous fit naître,
tout ce que nous avons reçu d'elle dans notre
enfance... si toutefois on peut jamais s'acquitter
envers sa mère.

Un matin que les deux sœurs artistes savouraient le bonheur d'embellir mutuellement leur
existence, se présente chez elles, du ton le plus
respectueux, l'ex-ambassadeur, qui venait les
inviter, avec de vives instances, à honorer à
leur tour de leur présence la fête de la comtesse,
à laquelle on voulait procurer une surprise
agréable. « Nous aurons, ajoute le pair de
France, presque tous les artistes célèbres qui
composaient, il y a quelque temps, la réunion
que vous aviez formée pour fêter madame
votre mère, et cette belle réunion serait incom-
plète si vous ne nous accordiez pas la jouissance
et l'honneur de vous recevoir... Vous surtout,
Mademoiselle, dit-il à Nisa, qui déjà faisait
signe à sa mère de refuser, vous qui vous atta-
chez principalement à retracer les scènes du
monde, vous trouverez chez moi, j'ose le croire,

des modèles à prendre, des groupes heureux à
saisir; et peut-être vous offriront-ils l'occasion
d'exercer vos pinceaux d'un esprit si piquant et
d'une expression si ravissante. » Ces paroles de
l'ex-ambassadeur, accompagnées de cette grâce
familière aux gens de cour, ne permirent pas à
madame Darson et à ses demoiselles de refuser
une si flatteuse invitation : il fut donc couvenu
qu'elles y répondraient.

Déjà Céléstine se disposait à se montrer aux
salons du pair de France dans la toilette la plus
élégante, la plus recherchée; mais Nisa prétendit que c'était, au contraire, l'occasion de prouver que les artistes n'ont pas besoin d'une riche
parure pour briller dans un cercle, et que leur
nom suffit pour les y faire distinguer et leur
attirer tous les égards. « Veux-tu m'en croire,
dit-elle à sa sœur, si confiante et si bonne,
paraissons l'une et l'autre sous les mêmes, sous
les simples vêtements qui, l'été dernier, nous
attiraient des filles du comte ces paroles qui ne
sortiront jamais de mon souvenir : *A la campagne, on prend ce qu'on trouve.* Présentons-
nous, en un mot, comme de jeunes voisines de
village, bonnes petites personnes tout-à-fait. »
En prononçant ces mots, la malicieuse Nisa
exprimait par un sourire sardonique la nouvelle
intention qu'elle avait de s'égayer aux dépens
des filles de l'ex-ambassadeur.

Elles se rendirent avec leur mère à l'hôtel de ce dernier, et pénétrèrent, non sans peine, dans une humble voiture de place, jusqu'au perron, montèrent un vaste escalier jonché d'arbustes et de fleurs, et, au milieu des noms les plus anciens et des personnes titrées, entendirent annoncer : « Madame et mesdemoiselles Dorsan. » Célestine et Nisa furent bientôt remarquées dans la foule des beautés couvertes de pierreries, par la simplicité de leur toilette, composée d'une robe blanche de linon-gaze, ornée pour ceinture d'un modeste ruban bleu de ciel : leurs beaux cheveux, tressés autour de leur tête, ne portaient aucune fleur, mais ils donnaient un attrait inexprimable à leurs charmantes figures.

Nisa surtout promenait avec assurance et dignité ses regards scrutateurs sur tous les personnages qu'elle rencontrait, et se disposait à saisir quelques bonnes caricatures dont elle enrichirait ses aquarelles... Mais quelle est sa surprise, en apercevant, parmi plusieurs tableaux de genre qui décoraient le grand salon, ses deux jolis originaux des *Voisines de campagne*, que l'ex-ambassadeur avait fait richement encadrer, et au bas desquels il avait fait écrire et le sujet et le nom de l'auteur. « Je me suis empressé, dit alors le pair de France, avec une expression remarquable, je

me suis fait un devoir d'acquérir ces deux charmantes productions, afin de rappeler à mes
filles que ce qu'on trouve à la campagne vaut
souvent mieux que ce qu'on rencontre dans la
capitale; la jeune artiste qui, par son travail et
sa réputation, contribue au soutien, au bonheur
de sa famille, a des droits à l'estime, aux égards
des personnes du rang le plus élevé; il n'est
pas une fille bien née qui ne fût heureuse et
fière de la nommer son amie. » A ces mots, il
prend une main de Nisa, qu'il presse sur son
cœur avec celle de Clotilde, en ajoutant avec la
plus touchante expression : « Un père n'im-
plorera pas en vain le pardon de sa fille. —
Tout est oublié, » répond Nisa, vivement émue
d'une aussi noble réparation; et aussitôt elle
presse dans ses bras la fille du pair de France,
qui lui dit tout bas en l'embrassant : « Combien
je vous avais méconnue! »

Quelque temps après Clotilde reçut de l'ingénieuse artiste un troisième tableau de la
même grandeur et du même genre que les
deux premiers, représentant une réunion brillante et nombreuse au milieu de laquelle on
remarquait un groupe composé d'un vieillard
honorable enlaçant sur sa poitrine les mains de
deux jeunes personnes, et au bas du cadre était
écrit : *la Réconciliation.* Elle fut en effet sincère et
durable. L'été suivant, les deux familles se visi-

tèrent souvent à la campagne : on descendait tous les jours du château à la modeste retraite des beaux-arts, où les épanchements du cœur étaient sans morgue et ne mesuraient plus les distances.

Clotilde et Isabelle, se plaçant ainsi sous le niveau du vrai mérite, n'en devinrent que plus parfaites et plus aimables.

Leur excellent père alors jouissait de son ouvrage, et redoublait d'attachement pour la famille Dorsan. Il fut le patron, le prôneur de Célestine et de Nisa auprès des hauts personnages qu'il fréquentait sans cesse, et contribua beaucoup à fonder leur réputation, à assurer leur fortune : car le talent double d'éclat par les protecteurs qu'il se procure. Les quatre jeunes filles, en un mot, devinrent, pour ainsi dire, inséparables. Toutefois, la clairvoyante, la fière Nisa, tout en s'épanchant avec les filles de l'ex-ambassadeur, disait tout bas à sa chère Célestine : « Elles sont charmantes et méritent vraiment qu'on les aime : répondons avec franchise à leurs prévenances, à leurs caresses ;... mais crois-moi, chère sœur, ce n'est jamais qu'avec ses égaux qu'on doit former les liaisons du cœur. »

LES TABLETTES DE FLORIAN.

———

Monsieur Naze, l'un des plus fameux libraires de Paris, et dont l'opulence égalait la probité, fut père d'une nombreuse famille. Plus elle croissait, plus il redoublait de zèle dans son commerce ; et ce qui arrive toujours dans une maison où l'industrie et l'activité ne permettent pas au vice de pénétrer, tous les enfants de ce digne homme se portaient au bien, et l'entouraient de ce bonheur inaltérable auquel on voudrait en vain comparer toutes les jouissances de la terre.

Cet excellent chef de famille n'était pas seulement chéri de ses enfants : les gens de lettres lui portaient une affection particulière, une estime profonde, qui, tout en contribuant à sa haute réputation, étaient sa plus douce récompense. Il ne se regardait que comme l'agent des hommes de lettres, non comme leur spoliateur et leur tyran : aussi était-il l'éditeur de presque tout ce qui paraissait de nouveau dans la littérature française, à laquelle il donnait chaque jour une splendeur nouvelle, et qu'il propageait dans tout le monde éclairé.

Sa maison était le rendez-vous des littérateurs les plus distingués; souvent ces réunions, libres et dégagées de tout esprit de système et de coterie, furent recherchées par les princes, les grands de l'État, et surtout par les étrangers qui, là plus qu'ailleurs, étudiaient notre esprit, nos mœurs, nos usages, et pouvaient apprécier notre nation à sa juste valeur. Le jeune auteur qui s'y présentait trouvait toujours des modèles à suivre, l'écrivain célèbre y jouissait de sa réputation; le grand seigneur, s'y dépouillant de sa dignité, apprenait à juger le vrai mérite; et le bon, le respectable monsieur Naze, toujours prêt à fournir telle ou telle note, à donner les citations les plus utiles, avait acquis insensiblement des connaissances en tout genre, et s'était fait distinguer par une érudition profonde, qu'il communiquait à tous ceux qui venaient le consulter.

Monsieur Naze avait eu le bonheur d'établir huit enfants, qui formaient autour de lui le spectacle attendrissant de huit bons ménages. Il ne lui restait que la plus jeune de ses filles, nommée Camille, âgée de dix-sept ans, d'un caractère aimable, et réunissant toutes les qualités que donne une éducation soignée. Mais, accoutumée dès l'enfance à n'entendre parler chez son père que science et littérature, séduite par les éloges qu'on faisait chaque jour

devant elle des Sapho, des Deshoulières, des
Dacier, des Dubocage, et voulant imiter les femmes modernes qui marchent aujourd'hui sur
les traces de ces illustres favorites d'Apollon,
Camille se livrait à la poésie et lui consacrait tous
les moments qu'elle pouvait dérober aux travaux
du magasin et aux soins du ménage. La facilité
qu'elle avait à se procurer les bons modèles en ce
genre, et les réunions littéraires qui se formaient
si fréquemment chez monsieur Naze, n'avaient
fait qu'augmenter cette métromanie, qu'elle tint
secrète assez longtemps, mais à laquelle son
aveugle prévention ne tarda pas à donner l'essor.
Elle commença donc par consulter, de la part
d'un modeste anonyme, des gens éclairés
sur quelques poésies qu'il lui avait confiées,
disait-elle, pour les soumettre à leur jugement.
Ces premiers essais, n'offrant rien de remarquable, et se trouvant même quelquefois dénués
des règles de la versification, ne firent qu'exciter
la plaisanterie des poètes auxquels Camille les
présentait. Cette muse novice, quoique piquée
au vif, ne fut point découragée par ce premier
échec : elle se livra plus que jamais à l'étude des
principes, et parvint à connaître la construction et les différentes espèces de vers dont se
compose la poésie française. Rien n'est impossible à l'imagination qu'entraîne un goût domi-
nant, qu'aiguillonne l'amour-propre offensé.

Notre apprentie Sapho remit donc sur le métier
ce qu'elle n'avait fait qu'effleurer encore, et
présenta de nouveau, toujours au nom du timide
inconnu, ses nouvelles productions au comité
redoutable. Elle eut cette fois la jouissance d'entendre prononcer que rien n'était défectueux,
quant à la versification; mais on ne put s'empêcher d'avouer en même temps que cette versification, toute correcte qu'elle fût, était lâche,
sans harmonie et dénuée d'imagination. On prétendit enfin que l'anonyme semblait n'être point
appelé par la nature au commerce des muses,
et qu'on devait lui appliquer ce vers d'un grand
poète, dont l'arrêt est irréfragable :

Pour lui Phœbus est sourd et Pégase est rétif.

Camille ne fut point encore intimidée par cet
anathème, qui sans doute eût effrayé toute autre
qu'elle; et, voulant à quelque prix que ce fût
passer pour femme bel esprit, elle résolut d'employer un moyen dont se servent quelques soi-
disant poètes qui, pressés de produire, ne se
font aucun scrupule de s'approprier le talent
des autres. Notre jeune muse fut occupée nuit
et jour à parcourir tous les anciens recueils,
toutes les vieilles chroniques qui se trouvaient
dans le riche magasin de son père, et, lorsqu'elle y découvrait une idée neuve et brillante,
elle la retournait à sa manière, la rafraîchissait,

ou plutôt la défigurait par un style moderne,
et l'offrait ensuite à ses juges inflexibles, toujours au nom de l'auteur inconnu.

Ceux-ci, frappés des idées originales et des
expressions piquantes qui se trouvaient dans
les ouvrages soumis à leur décision, s'empres-
sèrent de revenir sur l'injuste arrêt qu'ils
avaient prononcé. Ils déclarèrent à l'unanimité
que les dernières productions de l'anonyme
annonçaient un talent véritable, une inspiration
émanée de Phœbus lui-même. En vain le bon
monsieur Naze affirmait-il que ces idées ne lui
semblaient pas neuves, et qu'il croyait les
avoir vues quelque part : l'aréopage littéraire
ne s'attachant qu'à ce qui le frappait et ne pré-
sumant pas qu'on pût aussi facilement donner
une couleur moderne à de vieilles poésies, pro-
clama l'auteur trop modeste fils légitime d'A-
pollon, et chargea Camille de lui transmettre
les plus honorables félicitations. Cette dernière
éprouva une jouissance si vive, qu'elle ne put
y résister, et finit par se trahir. Tous les habitués du comité l'entourèrent aussitôt, louèrent
sa modestie, sa persévérance, et l'admirent
ensuite dans leurs différentes réunions. Bientôt
on ne parla plus que du talent poétique de
Camille Naze, et quoique sa réputation fût
usurpée, elle se vit prônée dans les journaux,
citée comme une dixième muse, en un mot pro-

clamée l'émule des Houdetot, des Salm, des Hautpoul et des Dufresnoy, qui prouvent avec succès que les grâces peuvent s'unir aux Muses, et se montrer avec elles sur le Parnasse.

Camille, éblouie par un triomphe aussi flatteur, n'osait néanmoins faire un retour sur elle-même sans s'avouer qu'elle n'en était pas digne. On peut fasciner les yeux d'un aréopage indulgent et crédule, mais il n'est pas possible d'échapper à sa propre conscience. « Cependant, se disait-elle, on a vu les plus grands génies emprunter des idées originales à leurs prédécesseurs. Corneille lui-même a puisé le *Cid* dans Guilhem de Castro ; Molière a trouvé son *Amphitryon* dans Plaute, et l'on assure que madame Deshoulières n'est pas tout-à-fait l'auteur de la charmante idylle adressée à ses moutons. » Bannissons donc tout scrupule, et disons comme l'un de ces grands hommes à qui l'on reprochait quelques réminiscences : « Je reprends mon bien où je le trouve. »

Monsieur Naze avait au village de Sceaux une maison délicieuse, où chaque dimanche il réunissait tous ses enfants et ses nombreux amis. Elle touchait au parc immense appartenant alors au duc de Penthièvre, si connu par sa bienfaisance et sa simplicité. Le chevalier de Florian, secrétaire des commandements de ce prince, avait pour l'estimable monsieur Naze

un attachement particulier ; il l'avait fait l'éditeur d'une partie de ses ouvrages. Souvent il
allait le matin causer avec son libraire, dont il
savait plus que personne apprécier le mérite, et
qui plus d'une fois lui donna d'utiles conseils.

Camille, qui trouvait dans Florian le genre
de talent qu'elle désirait cultiver, éprouvait un
plaisir inexprimable à le consulter sur ses nouvelles productions. Celui-ci, qui joignait à
cette entraînante suavité répandue dans ses
ouvrages une causticité souvent enjouée dans
la conversation, voulut cent fois détourner
Camille de la manie qu'elle avait de passer
pour bel esprit.

Camille fut loin de se rendre à ses sages avis.
Son amour-propre et son enthousiasme l'éga-
rèrent même jusqu'à lui faire croire que Florian,
qu'on lisait partout avec tant d'empressement,
était jaloux des hautes espérances qu'elle
donnait, et craignait de la voir un jour le de-
vancer sur le Parnasse. Elle se livra donc plus
que jamais à ses études chéries, saisit toutes
les occasions de se faire citer comme une femme
célèbre, et s'occupa sans relâche à mériter ce
beau titre.

Une circonstance favorable se présenta. La
fête de naissance du respectable monsieur Naze
approchait : on avait coutume, ce jour-là, de
jouer à sa campagne quelque petite pièce ana-

logue, tribut d'amitié des hommes de lettres qui fréquentaient le plus sa société. Camille annonça que cette fois elle se chargeait du divertissement. En conséquence, elle se mit à composer une pastorale dont les rôles devaient être remplis par les petits-enfants de monsieur Naze, parmi lesquels il s'en trouvait de huit à dix ans, qui paraissaient doués de beaucoup d'intelligence.

Mais ce genre de poésie, qui souvent n'est pas apprécié à sa juste valeur, exige un talent vrai, une âme expansive, et surtout une naïveté que daidaignent la plupart des jeunes poètes, qui s'imaginent du premier vol s'élever jusqu'aux cieux. Aussi Camille éprouva-t-elle les plus grandes difficultés à composer sa pastorale, et n'en fût jamais venue à bout sans les ressources qu'elle avait dans la bibliothèque qu'elle s'était formée. Munie de matériaux suffisants, parmi lesquels il ne s'agissait plus que de faire un choix pour les lier ensemble et les adapter à la circonstance, elle allait souvent rêver à cette importante production dans les belles campagnes qui environnent le village de Sceaux. Un jour, c'était environ une huitaine avant la fête de monsieur Naze, Camille parcourait avec une partie de sa famille les allées d'un bois spacieux situé à une demi-lieue de eur habitation : restée seule derrière tout les

monde, elle s'occupait de sa pastorale, annoncée
avec éclat dans le pays et attendue avec impatience. Chacun, la voyant ainsi livrée à ses vastes conceptions, n'osait la troubler et s'éloignait
d'elle pour laisser un champ plus libre à sa
verve poétique. Elle cherchait, dans la compila-
tion qu'elle avait faite, à former une romance
bien naïve pour l'aînée de ses petites nièces,
chargée dans la pastorale du principal rôle.
C'était le seul morceau qui lui manquait pour
compléter son ouvrage; mais il fallait allier
ensemble candeur et gaieté, grâce et simplesse.
Il fallait entre autres trouver ce tour heureux
qui va droit au cœur sans frapper trop fort, et
n'employer que ces expressions où l'esprit se
cache sous le sourire de l'innocence. Camille
cherchait, se tourmentait, se désolait : rien de
plus difficile que d'exprimer fidèlement la
simple nature... En traversant une allée séparée
de celle où l'attendait sa famille, elle aperçoit
au pied d'un platane de simples tablettes qui
paraissent entr'ouvertes, le crayon qui les fer-
mait ne s'y trouvait plus. Elle les ramasse,
cherche au premier feuillet à qui elles peuvent
appartenir : aucun nom, pas le moindre indice.
Elle parcourt plusieurs pages de ce recueil
anonyme, et lit d'abord quelques phrases
détachées, telles que celle-ci :

« Heureuse l'âme sensible pour qui l'aspect

d'une campagne riante et le bruit d'une source d'eau vive sont des plaisirs presque aussi touchants que celui de faire une bonne action! »

« C'est n'avoir rien que n'avoir que pour soi! »

Enfin, parmi un grand nombre de pensées de ce genre, Camille aperçoit sur les derniers feuillets des tablettes trois quatrains charmants.

« Quelle grâce! et quelle touchante simplicité! s'écrie Camille. Oh! si j'osais employer ces trois jolis quatrains dans ma pastorale, comme ils me feraient honneur!..... Pourquoi non? ces tablettes n'indiquent point à qui elles appartiennent; la main qui a tracé ces vers m'est absolument inconnue; peut-être les a-t-on pris dans un de ces vieux recueils devenu propriété publique : c'est un diamant que je trouve, il faut m'en emparer. « A ces mots, Camille serre les tablettes dans sa poche; et, rejoignant sa famille qui l'attendait, elle annonce qu'elle a terminé sa pastorale, et qu'il ne reste plus qu'à faire un air pour la romance nouvelle qu'elle vient de composer.

Dès le lendemain, on se mit donc à répéter le chef-d'œuvre de la Muse de Sceaux : on construisit un charmant théâtre dans les bosquets, qui devaient être illuminés en verres de couleur. Enfin la société la plus nombreuse, et

dans laquelle on distinguait beaucoup de gens
de lettres, s'y réunit le dimanche suivant, à
l'heure indiquée. Les petits-enfants de l'heureux monsieur Naze, à qui Camille avait tant
de fois fait répéter leurs rôles, produisirent le
plus grand effet; tous firent valoir par leurs
grâces ingénues jusqu'aux moindres détails de
la pastorale. Chacun était surpris, extasié; chacun applaudissait avec transport les aimables
petits acteurs, et portait ensuite des regards
satisfaits sur Camille, qui n'avait éprouvé de sa
vie un moment aussi délicieux. Arrive enfin la
romance trouvée sur les tablettes. La petite
fille, à qui sa tante l'avait recommandée comme
le morceau le plus marquant, chante d'abord le
premier couplet avec une expression ravissante; mais au second, l'excès de zèle lui faisant
perdre la mémoire, elle s'arrête après ce vers :

Je dors toute la nuit : quand l'aube va paraître...

et, répétant plusieurs fois : *Quand l'aube va paraître...* elle allait rester court, lorsque Florian,
impatienté sans doute de ce que l'aube ne paraissait pas, et se trouvant placé près du théâtre,
réprime un grand éclat de rire, et souffle tout
bonnement à la pastourelle ce second vers :

Sans crainte et sans désir je vois venir le jour.

La petite actrice continue. Chaque spectateur
s'imagine alors que le souffleur, consulté par

Camille, avait retenu ce couplet; mais celle-ci, ne doutant plus que la romance ne fût de Florian lui-même, et qu'il était le propriétaire des tablettes qu'elle avait trouvées, éprouva une confusion qu'elle eut de la peine à dissimuler. Plus elle était accablée d'éloges et de félicitations, plus son supplice redoublait et lui faisait reconnaître la vérité de ce que Florian lui avait répété tant de fois.

Cependant ce littérateur aussi généreux que délicat ne voulut point ajouter aux tourments de Camille en divulguant le larcin qu'elle avait fait; il s'empressa même de la rassurer en disant à tout le monde, après la représentation du divertissement, qu'il était à la vérité pour quelque chose dans la romance de la petite pastourelle; « mais, ajouta-t-il, c'est d'honneur le seul morceau que je connusse; tout le reste m'est absolument étranger, et la gloire en est tout entière à son charmant auteur. » Les applaudissements redoublèrent; et Camille, plus confuse encore de l'adresse et de la bonté de Florian, ne put se défendre d'un trouble, d'une rougeur que chacun prit pour de la modestie, et qu'on approuva par de nouvelles acclamations.

Florian voulut néanmoins s'assurer si la leçon qu'il venait de donner à Camille produisait sur elle tout l'effet qu'il en attendait; se mêlant donc à la conversation générale, il an-

nonça qu'il avait perdu depuis quelque temps,
en se promenant dans la campagne, des tablettes qu'il regrettait beaucoup, parce qu'elles con-
tenaient plusieurs fragments du poème pastoral
de *Galatée*, auquel il travaillait depuis plusieurs
mois : « Ces fragments, ajouta-t-il, ne peuvent
être d'aucune utilité pour la personne qui les a
trouvés, et je m'engage à donner une récompense importante à quiconque me les remettra. »
En achevant ces derniers mots, il laissa tomber
un regard sur Camille, qui le comprit et se promit bien de lui restituer les notes qu'il désirait.
Retirée dans son appartement, elle ne put s'empêcher de relire avec un nouvel intérêt, mêlé de
la plus vive reconnaissance, toutes ces pensées
remplies d'une si douce morale, et qui se trouvent en effet dans le poème de *Galatée*. Quand elle
fut à ce joli vers de la romance où s'était arrêtée la petite pastourelle, et que Florian avait
soufflé si naturellement, elle ne put retenir un
mouvement de dépit ; mais, songeant avec quelle
amabilité le *Gessner* français avait su ménager
son amour-propre et lui éviter l'affront qu'elle
méritait, elle réfléchit, s'arma de résolution, et
dès le lendemain matin, elle chargea secrètement
un émissaire de reporter à Florian ses tablettes,
après avoir écrit au crayon ces mots sur le premier feuillet :

« Je vous envoie votre trésor, que j'ai eu la

sotte vanité de vouloir m'approprier : le succès que j'ai obtenu est votre ouvrage ; c'est la dernière usurpation que je ferai. La leçon que vous m'avez donnée ne sortira jamais de ma mémoire ni de mon cœur. Je renonce pour toujours à la manie des vers..... Me faudrait-il renoncer de même à votre estime et à votre amitié?

» CAMILLE NAZE. »

Florian ne put se défendre d'une vive émotion en lisant cette amende honorable d'une jeune tête exaltée qu'il ramenait à la raison. Ce succès lui donna la conviction que ce n'est point en heurtant l'amour-propre, mais en le ménageant, qu'on peut lui faire connaître ses erreurs. Il voulut féliciter lui-même Camille sur la résolution qu'elle avait eu le courage de prendre, et la rassurer sur les craintes qu'elle lui témoignait. Il profita donc du discret émissaire qu'elle lui avait dépêché pour lui faire cette réponse :

« Je vous dois, Mademoiselle, la plus douce jouissance que puisse éprouver un homme de lettres, celle de sauver du ridicule toutes les vertus réunies. Jugez, d'après cela, si vous devez craindre de perdre mon attachement et mon estime!... Ne l'oubliez jamais, les Muses ne se plaisent qu'avec les hommes ; jalouses de toutes les femmes, elles ne font semblant de leur accorder quelques faveurs que pour les tourmenter. Aussi furent-elles assez souvent brouillées avec les Grâces, qui leur préfèrent la Vérité, toute nue qu'elle soit, et leur font répéter cet adage que je vous offre ici pour la récompense promise à qui me rendrait mes tablettes :

» Sans esprit, femme belle et bonne
» Vaut mieux que femme bel esprit.

» Le chevalier de FLORIAN.

LA PETITE MONTAGNARDE

L'ÉTOILE POLAIRE.

Jeunes filles nées dans l'indigence, et qui n'avez pour tout bien qu'un cœur droit, une pieuse croyance! vous, dont l'intelligence commence à se développer et cherche un point d'appui, sans espérer de jamais le rencontrer! jeunes orphelines que le sort isola sur la terre, mais qui, levant vos yeux vers le ciel, croyez que cette masse éblouissante de la lumière luit pour le plus faible comme pour le plus fort, réchauffe et ranime l'humble berger dans sa

cabane, comme le souverain dans son palais !...
écoutez un récit historique et fidèle qui vous
prouvera que partout où Dieu nous place sur la
terre, il est un droit, une quote-part à ses bienfaits comme à ses rigueurs.

Dans un petit village de la Livonie, près du
golfe de Finlande, au milieu de montagnes
escarpées et de vastes forêts, était née d'un
pauvre et obscur agriculteur Catherine, que
la nature avait pris plaisir à combler de tous
ses dons.

Elle n'avait pas sept ans accomplis, lorsqu'elle
perdit son père ; devenue le seul soutien, l'unique consolation de sa mère infirme, elle exista
cinq années entières auprès d'elle, n'ayant
toutes les deux pour ressource que le travail
de leurs mains. Catherine alors redoublait de
zèle, de courage, et remerciait Dieu de lui avoir
donné des forces suffisantes pour remplir à son
gré le devoir qu'impose la piété filiale. Dès
l'aube du jour, elle allait dans la forêt ramasser
le bois mort dont elle faisait un feu pétillant
qui réchauffait les membres engourdis de sa
pauvre mère. Elle seule préparait une nourriture à peine suffisante à leur existence; et le
soir, dès que le soleil allait disparaître sous
l'horizon, elle se mettait en marche pour aller
chercher, loin de sa demeure, l'eau limpide d'un
ruisseau dont sa mère faisait usage pour sa

débile santé. Catherine n'allait puiser cette eau
salutaire sans arrêter ses regards sur l'étoile
polaire qui brille à la chute du jour; elle semblait éclairer Catherine, la guider dans son
pieux pèlerinage que, dans les beaux jours,
elle faisait nu-pieds, ses cheveux épars sur ses
épaules à peine couvertes de pauvres vêtements,
mais toujours calme, résignée, et les yeux
attachés sur son étoile chérie.

Un soir qu'elle avait déposé sa cruche auprès
d'elle, et que portant la main à la hauteur de
son front, elle saluait de nouveau l'étoile étin-
celante, en lui disant avec un religieux recueil-
lement : « Guide-moi toujours dans le chemin
de la vertu ; et, pour cela, fais que je conserve
ma mère !... » Elle fut accostée par un vieillard. Il
lui demanda la permission d'étancher à sa cruche
une soif ardente ; et la petite montagnarde, éle-
vant lestement le vase sur son épaule, le présenta
aussitôt à la portée des lèvres du vieillard.
Telle on nous représente dans l'écriture sainte
la jeune Rébecca offrant l'eau de l'hospitalité
au vieux serviteur d'Abraham.

« Vous regardez avec une attention toute
particulière, lui dit-il, cette brillante étoile qui
s'élève vers le pôle? — Il est vrai; c'est mon
fanal, c'est mon guide chéri : je crois voir en
elle une protectrice. — Et qui vous a fait naître
cette pieuse pensée? — La vive émotion que

j'éprouve en contemplant cette grande voûte du ciel. J'ai dans l'idée que chaque étoile est la regard d'un ange que Dieu a chargé de veiller sur nous; moi, j'ai choisi cet ange-là : tous les soirs je lui fais ma prière, et j'éprouve, à chaque fois, je ne sais quelle satisfaction qui m'encourage et me console. »

A ces mots elle lui fait le récit des malheurs qui l'ont accablée, des infirmités de sa mère, et de leur grande indigence; puis elle ajoute avec une imposante sérénité : « Je salue mon étoile, et le travail arrive : ma bonne mère semble retrouver des forces nouvelles; le besoin disparaît, et nous avons la jouissance de nous suffire à nous-mêmes. »

Le vieillard, ému, surpris de rencontrer d'aussi nobles pensées sous les vêtements de l'indigence, fait des questions à la petite montagnarde; elle lui apprend que son père, tantôt agriculteur, tantôt fendeur de bois dans la forêt, se nommait *Alfendey*, membre d'une ancienne famille exilée en Sibérie, et que tous les soirs, à la suite de son travail, après lui avoir appris à lire, il lui faisait parcourir les plus beaux passages de la Bible, où elle avait retenu qu'il fallait toujours se confier à la Providence, et ne jamais arrêter ses regards sur la voûte des cieux sans rendre grâce à son auteur. Tous ces récits ne firent qu'augmenter l'intérêt et

10

la curiosité du vieillard : il demande aussitôt à la nouvelle Rébecca de le conduire à sa demeure, pour y saluer sa mère et la féliciter d'avoir une fille si digne de partager ses peines et de les adoucir.

Il suivit donc Catherine jusqu'à son humble habitation, où la propreté semblait écarter toute idée de la misère. Il y trouva la femme la plus vénérable, qui ne tenait plus à la vie que par l'amour qu'elle portait à son enfant. C'était une de ces mères fort instruites qui, n'ayant rien à laisser après elle à sa fille, avait voulu du moins lui léguer une ferme croyance et la piété la plus sincère. On conçoit aisément à quel point l'étranger s'intéressa tant à la mère qu'à l'enfant. Il se déclara le père adoptif, l'instituteur de Catherine, et l'initia par degrés aux préliminaires d'une instruction qui pût devenir sa ressource et son soutien.

Peu de temps après, en effet, la petite montagnarde perdit sa mère qui, en expirant, ne cessa de la recommander à son vénérable protecteur. Celui-ci, le jour même des funérailles, prit Catherine par la main et la conduisit à sa demeure, où, la présentant à sa femme, il lui dit : « Dieu nous donne un enfant de plus. — Sois la bienvenue, pauvre petite! » répond la digne compagne du vieillard. Aussitôt elle lui fait prendre place au foyer avec ses enfants ; et, chaque soir, lorsqu'au coucher du soleil, l'étoile

polaire brillait à la voûte des cieux, l'orpheline
ne manquait jamais de la saluer en répétant ces
mots que lui avait appris sa mère : « Guide-moi
toujours dans le chemin de la vertu. »

Bientôt se développèrent chez la jeune montagnarde les plus rares qualités de l'esprit et du
cœur. Elle fit des progrès étonnants en s'ins-
truisant avec les filles de son bienfaiteur. On la
citait partout comme un prodige; et la jeune
fille alors, portant plus que jamais ses regards
sur son fanal céleste, ne cessait de répéter :
« Salut ! oh ! salut, mon étoile tutélaire ! »

Mais Dieu, qui sans doute voulait mettre la
jeune orpheline à de fortes épreuves, la priva
de son père adoptif. Il mourut, laissant sa femme
et ses filles dans un état de fortune qui ne permettait pas à Catherine de rester auprès d'elles,
à moins de joindre son travail à celui de leurs
mains. Elle se vit de nouveau réduite à une
cruelle indigence qu'elle supporta avec une honorable résignation. Elle alla chercher asile à
Marienbourg, auprès d'un riche habitant pour
lequel on lui avait donné une recommandation,
et qui lui confia l'éducation de ses filles, tant il
fut surpris et charmé du mérite et des gracieuses
manières de la montagnarde. La voilà donc
placée dans une famille honorable dont elle
acquit chaque jour la confiance et l'estime. Ses
jeunes élèves, qui la chérissaient comme une

seconde mère, se faisaient remarquer à leur tour par tout ce qu'elles recueillaient de la bouche de leur institutrice. Elles devinrent la gloire et firent les délices de leurs parents. Ceux-ci ne cessaient d'exprimer leur admiration et leur gratitude à la modeste Catherine qui, se voyant entourée des heureux qu'elle avait faits, saluait tous les soirs sa belle étoile avec une nouvelle ferveur.

Cependant le pays qu'elle habitait était devenu le théâtre de la guerre entre la Suède et la Russie. Parmi les guerriers qui revenaient blessés à la place de Marienbourg, se présente à ses regards un sous-officier dont le bras gauche venait d'être emporté. Qu'on juge de la vive émotion de notre montagnarde, lorsqu'elle reconnut dans ce jeune et brave fils du vieillard qui l'avait soignée dans son enfance, et dont elle avait reçu les préliminaires d'une instruction devenue son refuge dans les rigueurs du sort! Oh! quel touchant et juste empressement Catherine fit éclater à soulager les souffrances du sous-officier, à panser elle-même ses blessures, à lui prodiguer toutes les consolations qui étaient en son pouvoir! « Et c'est moi, s'écriait-elle avec ivresse, c'est moi que la Providence a choisie, a conduite ici pour secourir le fils de mon instituteur, de mon père adoptif!... O ma belle étoile je te remercie : »

Notre jeune brave fut promptement rétabli ; et, quoique privé du bras gauche, il obtint de ses chefs l'autorisation de continuer son service, son autre bras étant reconnu suffisant pour seconder son noble courage... Mais la reconnaissance conduit facilement à un sentiment plus tendre. Le sous-officier, touché des admirables qualités de sa libératrice, lui proposa d'embellir des jours qu'elle avait conservés, et lui fit l'offre de sa main.

Le jour fut arrêté pour cette union dont on parlait beaucoup dans la ville, et qui ne faisait qu'augmenter encore la haute considération qu'on y portait à Catherine Alfendey.

Elle se pare, dès le matin, de sa robe nuptiale, lève ses yeux vers le ciel, qu'elle invoque pour la prospérité des vœux qu'elle va former... Mais le jour même où les futurs époux doivent se jurer une foi mutuelle et former un lien dont la félicité ne finira qu'avec la vie, on annonce que le czar de Russie, que l'intrépide Pierre-le-Grand, s'approche des remparts de la ville, et qu'il va livrer l'assaut. Le fiancé de Catherine prend aussitôt les armes pour se joindre aux braves qui vont repousser l'ennemi. Déjà plusieurs soldats russes sont précipités au bas du rempart sous les coups vigoureux du sous-officier ; mille cris proclament ses hauts faits ; encore quelques traits de son mâle courage, et ses chefs l'élèveront au grade qu'il mérite. Mais atteint d'un fer meurtrier, il tombe en prononçant le nom de Catherine, en exprimant le regret de n'avoir pu du moins emporter le nom de son époux... Marienbourg est prise d'assaut; sa courageuse résistance excite la colère brutale du vainqueur : la garnison doit être passée au fil de l'épée, et tous les habitants vont se trouver à la discrétion d'une soldatesque effrénée.

La fiancée consulte alors son étoile tutélaire, qui semble lui conseiller de fuir et de gagner les rives de la mer Baltique. Elle s'abandonne à l'inspiration qui lui vient du ciel, traverse à pied les mêmes montagnes qu'elle escaladait dans son enfance, et se trouvant, à la chute du jour, au sommet de la plus élevée, elle regarde son étoile en disant : « Le ciel a voulu me faire subir une forte et pénible épreuve; mais en même temps il m'a donné la force nécessaire pour la supporter. Quel que soit l'abandon cruel où je me trouve, j'ai plus que jamais confiance en toi, mon guide tutélaire! Éclaire mes pas, soutiens mes forces · je m'abandonne à toi »

Épuisée de fatigue, exténuée de besoin, elle s'étendit sur la mousse épaisse qui lui offrait une espèce de lit de repos, et s'abandonna sans nulle crainte aux douceurs du sommeil. Elle ne

se réveilla qu'à l'aube du jour ; et remarquant
encore l'étoile polaire sur l'horizon, elle la salua
de nouveau, et suivit les sentiers arides qu'elle
semblait lui montrer, et qui selon sa pensée
devaient la conduire à quelque endroit habité,
où l'attendaient les secours dont elle avait si
grand besoin. Son espoir ne fut point trompé :
après quelques heures de marche, elle arriva,
non sans de pénibles efforts, dans un gros
village situé sur les bords de la Baltique, dont
l'aspect annonçait l'aisance et le mouvement
que produisent la pêche et l'agriculture. Son
heureuse étoile la conduisit chez un charpentier
constructeur d'embarcations, homme d'une
joyeuse humeur et de la cordialité la plus franche, auquel, avec cette expression d'âme et de
vérité, la voyageuse raconta tous les évènements
de la petite montagnarde, et enfin la perte
cruelle que venait de lui faire éprouver le
siége de Marienbourg.

Le charpentier, nommé Georges Ivano, ne put
se défendre du vif intérêt que lui faisait éprouver le récit fidèle de Catherine Alfendey, et lui
dit avec cette brusque bonté d'un vieux marin :
« Vous êtes ici chez vous ; et dès ce soir je veux
remercier avec vous l'étoile polaire qui vous a
conduite sur ces rivages. » A ces mots, il la
présente à sa femme et à sa fille unique, âgée
de douze ans. « Tenez, ajoute-t-il avec émotion,

voilà mon sang, mon unique trésor, le charme
de ma vie, et l'espoir de ma vieillesse! devenez
son guide, son amie! faites-en, s'il vous est
possible, une seconde vous-même; et sa mère et
moi, nous vous devrons bien plus que tout ce que
nous aurons fait pour vous. » La femme de
Georges et sa fille confirmèrent, par le plus
touchant accueil, tout l'intérêt qu'ils ressen-
taient déjà pour l'étrangère; et dès cet instant, elle se vit impatronisée dans cette excellente famille, comme si elle en eût fait partie.

Deux ans s'écoulèrent : Catherine, devenue
l'amie, la bienfaitrice des habitants du village,
par ses tendres soins pour les vieillards, par ses
utiles leçons à la jeunesse et les secours aux
indigents, se fit une réputation de femme de
bien qui rendait chaque jour ses hôtes heureux
et fiers de la posséder chez eux. La jeune
Bathilde, fille du charpentier, fit, par ses fréquentes communications avec la montagnarde,
des progrès rapides, et ne tarda pas elle-même
à se faire distinguer par les avantages d'une
éducation bien dirigée. Georges s'avouait le
plus heureux des pères, et ne cessait de remercier la digne bienfaitrice de son enfant. La montagnarde, de son côté, retrouvait le calme de
l'âme, des occupations analogues à ses goûts,
une honnête position sociale; et, comparant
alors ce qu'elle avait reçu de bienfaits de la

Providence avec ce qu'elle avait souffert de ses
rigueurs, elle ne pouvait s'empêcher de reconnaître que son étoile l'avait toujours bien dirigée, et que, malgré les secousses, les dangers
et les tourments auxquels sa jeunesse avait
souvent été exposée, elle était arrivée à la plus
douce, à la plus honorable existence.

FIN.

TABLE

——

FIN DE LA TABLE.

——

Limoges. — Imp. E. ARDANT et Cᵉ.

PAR

ALBERT GUILLEMO

Ancien Elève de l'Ecole normale, ex-Professeur d'His
Limoges, Officier d'Académie.

LIMOGES
EUGÈNE ARDANT ET C¹ᵉ, ÉDITE

www.ingramcontent.com/pod-product-compliance
Lightning Source LLC
Chambersburg PA
CBHW070903030726
47504CB00005B/1441